Käthe Braun-Prager

Die Stadt der Ewigen und andere Novellen

Edition Mnemosyne

Herausgegeben von Armin A. Wallas und Primus-Heinz Kucher

Band 11

Alekto

Käthe Braun-Prager

Die Stadt der Ewigen und andere Novellen

Herausgegeben und mit einem Nachwort
von Tatjana Popović

Tatjana Popović

Wien, 10.12.2001

Edition Mnemosyne
Band 11

Für die Unterstützung bei der Herausgabe dieses Buches bedanken wir uns beim Bundeskanzleramt der Republik Österreich.

Impressum

Printed in Austria
ISBN 3 900743 70 3

Inhalt

Da das Wort am Anfang war,
wird es wohl auch das letzte am Ende sein?

Käthe Braun-Prager

Käthe Braun-Prager (Büste von Gustinus Ambrosi)

Bauernhochzeit

Die Schlitten knarrten und knisterten auf der vereisten Landstraße, und die Glocken der Pferdegeschirre, die den schweren Gäulen an der erstarrten Haut lagen, läuteten dünn und blechern. Die Kufen waren rot gestrichen, die Leitern, der Breite nach seitlings aufgestellt, trugen alle Farben an ihren Sprossen. Ernst saßen Braut und Bräutigam auf dem über Bierfässer gelegten Brett. Sein dunkler kurzkrempiger Hut war mit einer bunten Kokarde geschmückt, Augenbrauen und Schnurrbart glänzten weiß vereist. Die Braut saß da im rotgoldenen Mieder, Schnüre kleiner Silberkugeln, von einer silbernen Schnalle zusammengehalten, lagen in vielfachen Reihen um ihren Hals. Vom kleinen Hütchen stand im Wehen hart der gefrorene Brautschleier ab. Im anderen voran fahrenden bunten Schlitten saßen die Verwandten und die Musikbande, die still war, weil der Atem im Horn gefror oder die Hände die Tasten der Harmonika nicht mehr fanden in der Erstarrung. Nur die Schlittenglocken läuteten immerzu fort.

Und nun sollten die beiden einen gemeinsamen Haushalt, Knechte, Mägde und Kinder haben. Der reiche Bauernsohn hatte von der armen Stalldirn nicht gelassen, und sie hatte doch nie ihm auch nur das geringste Entgegenkommen gezeigt.

Er warb um sie und sie war ablehnend. Er wagte nicht, sie zu zwingen. So wurde der Drang, sie zu besitzen, immer stärker. Einmal, als er sie, die Breithüftige, pflanzensetzend über das Feld gebeugt fand, wurde er von ihrer Kraft bezaubert. Als er ihr den Hof anbot, war er nachher wohl erschreckt, aber er mußte sie haben. Sie hatte nicht nein gesagt, doch nichts an ihr verriet Freude, als sie endlich einwilligte. Weil sie ihn nicht liebte und noch niemanden vorher geliebt hatte, war für sie Liebe nur Angst.

Wäre er ihr nicht so verfallen gewesen – er wußte diese Leidenschaft nicht zu deuten –, so hätte er das Gezwungene im Benehmen seiner Braut nicht so geduldig hingenommen. Welcher reiche Bauernsohn gäbe sich auch vor einer Magd solche Blößen?

Nachdem sie ihr Jawort gesprochen hatte, empfand er sie im Rang bereits als seine Bäuerin. Er warb und warb um ein liebes Wort, einen lieben Blick, hielt seinen blonden Kopf unter ihre Hand – sie brauchte sie nur darauf zu legen – aber sie konnte nicht, wirklich, sie konnte nicht. Wie wird das nur werden? dachte sie oft und nahm sich vor, ihm eine Freude zu tun, ihn mit einer Liebkosung zu überraschen, aber wenn er dann wieder bei ihr saß, da konnte sie nicht, wirklich, da konnte sie nicht!

Sie tat jetzt keine niederen Dienste mehr und kleidete sich besser. Er sah, wie sie sich nicht entschließen konnte, gut zu ihm zu sein, da überstürzte er den Termin der Hochzeit und, obwohl die Kälte furchtbar war, bestimmte er die Trauung für den nächsten Sonntag.

Wieder sprach sie nicht dagegen; ihr war, als ob sie blind wäre und geführt werden müßte. Mit aller Selbstverständlichkeit nahm sie die für sie unfaßbar schönen Dinge an: das schwere Brautkleid, das gestickte bunte Tüchlein und einen Schleier aus Seidengaze.

Nur einmal, als er ihr die Silberschnur brachte, legte sie einen Augenblick ihre große, braune, schon weniger harte Hand auf seine größere; ihr rundes, rotes Gesicht färbte sich tiefer, denn das Weib und die Magd freuten sich des Schmuckes.

***

Die letzte Nacht saß sie im Bett und betete. Sie hatte keine Scheite mehr in den Kamin gelegt, und es fror sie in dem Leinenhemd mit den bei den Oberarmen abgeschnittenen Ärmeln. Sie hielt den Rosenkranz zwischen den Fingern, haspelte ihn mit unzähligen Vaterunsern und Ave Maria immer wieder ab. »Warum hatte sie ja gesagt? Warum? Nur, um Bäuerin zu werden?« Sie betete immer inniger, immer angstvoller, daß irgend etwas sie erlösen, sie zurückreißen möge von dem Schritt, der nun unwiderruflich war.

Und der Bursch? Auch er saß noch lange wach beim großen Tisch und dachte an morgen. Endlich käme dann das Starke, das Sieghafte, das Sichere! Endlich, endlich, endlich die so ersehnte Kraft! Dunkel rauschte es in ihm: er verstand die Stimme, und er freute sich darüber und antwortete vielstimmig darauf. Jetzt sollte er in ihre Kammer gehen, jetzt! Doch nein, nicht mehr bitten wollte er, morgen war er der Herr, da hatte sie zu gehorchen als sein Weib. Und er krampfte die Fäuste zusammen und erschrak, als er sie plötzlich auf die Tischplatte donnernd aufschlagen hörte.

***

Nun fuhren sie dahin, Stunden um Stunden ins Gebirge in der eisigen Luft. So weit war die Kirche entfernt! Ihre Hand in der seinen klebte vor Kälte, trotz der Fäustlinge. Alle waren gut vermacht bis auf die Braut, wie es schien, weil sie einer alten Sitte gemäß ihr blitzendes Hochzeitskleid zeigen mußte. Unterkleider durfte sie darunter anziehen, soviel sie mochte, und sie hatte es ihm versichert, als er sie beim Einsteigen fragte.

***

Immer fester drückte er ihre Hand, aber er spürte keinen Gegendruck, auch hatte sie die Augen so eigentümlich geschlossen, und die Wimpern lagen, weiß bereift, auf der blau gefrorenen Haut. Aber stolz sah sie aus und fern. »Nachts«, dachte er, »nachts, da wird sie nah sein, da wird sie auftauen in meiner Wärme.« »Kein Wort sprechen«, dachte er, »noch eine halbe Stunde, und sie ist mein Weib.«

Die Glocken der Schlitten läuteten immer dünner; weiß dehnte sich der Weg in Schlangenwindungen den Berg hinunter. Endlich kamen sie in das Dorf. Das Kirchenportal war mit Reisig geschmückt, davor der Mesner stand und grüßte. Langsam lösten sich die Bauern von ihren Schlitten, kaum erkennbar in der Vermummung. Die Burschen versuchten einen Tusch, aber es versagten die Hörner.

Dann sollten die beiden aussteigen. Er sah sorglich auf sie, die noch immer nicht die Augen erhoben hatte, und mahnte sie, aufzustehen; doch gab sie keine Antwort. Noch einmal bat er, aber sie erwiderte nicht. Plötzlich packte ihn der Zorn; er riß sie beim Arm, doch da fiel sie steif hintüber.

»Herrgott«, sagte er, aber noch vermochte er nicht zu denken. Jetzt sprang sein Freund, der Harmonikaspieler, auf den Schlitten und blickte die Braut lange an: dann riß er ihr Kleid auf, um nach dem Atem zu horchen und sah, daß sie nichts unter dem Brautkleid getragen hatte. Der Freund legte sein Ohr an ihre Brust, auf die Schnee fiel.

Heftig schob ihn der Bräutigam fort, legte sein Ohr an ihr Herz, aber kein Ton schlug ihm entgegen, da sank er neben ihr hin. Der Priester trat hinzu, gebot den Männern, die Braut herabzuheben und in die Kirche zu tragen. Und anstatt der Hochzeitsglocken läutete das Sterbeglöckchen für die Braut, die nun in der Kirche auf der Bahre lag. Der Priester hielt das Kreuz über sie und segnete die Erfrorene ein.

Über ihr schwebte die weiße Taube im Widerschein der bunten Glasfenster.

Die weißen Tiere

Am Morgen des 24. Dezember wollte der alte Revierjäger den Ledergurt, an dem das jedem so bekannte Gewehr befestigt war, um die Schulter schlagen, als er im Augenblick eine Schwäche im Oberarm verspürte, die sich langsam, wie mit Fingern, nach dem Herzen schob. Er mußte das Gewehr zurückstellen, den schwer gewordenen Atem niederringen und sich in den behaglichen, altmodischen Lehnstuhl fallen lassen, der wie zufällig zur Rast aufforderte. Eine feuchte Kälte verursachte ein müdes Schütteln seiner Glieder; langsam senkten sich die alten, braun-bläulich schimmernden Hände zwischen die auf die Erde gestellten, in den Knien abgebogenen Beine hinab; der Kopf neigte sich nach vorne, die Augen schlossen sich und die Wangenteile, die der struppige, graue Bart noch freiließ, zeigten tiefe Höhlen in der schlaffen Haut.

Die grün bemalten Wände, der grüne Diwan, die kleinen grünen Biedermeiersessel brachten ihm den geliebten Wald im Dämmer seines Zustandes in Erinnerung; hatte er doch mehr Zeit draußen als in dem grünen Zimmer verbracht, das Herz schlug schwach, aber schon ohne Schmerz, die Schwere löste sich aus den Gelenken. Morgensonne fiel durch das breite Fenster auf das alte Gesicht.

War die Türe offen? Wie kam plötzlich der kleine Hase her und lehnte sich mit bittender Gebärde an des Jägers Beine – und, wie? – der Hase war nicht braun? Weiß fiel sein Fell den Rücken lang. Ehe der Jäger Zeit hatte, darüber nachzudenken, liefen schon viele weiße Hasen durch die immer breiter werdende Türöffnung, setzten sich, Männchen machend, um ihn herum, die etwas roten Augen bittend auf ihn gerichtet. Und wie? Standen nicht erst Tränen darinnen, die wie unsichtbar über das weiße Fell flossen?

Der alte Mann begriff nichts, als durch das Fenster – wer hatte es geöffnet? – eine Schar Vögel hereinschwärmte: zwei weiße Rebhühner setzten sich auf die grünen Achselspangen seines braunen Lodenrockes und verblieben so. Ein schneeiger Auerhahn aber postierte sich auf die Lehne des Fauteuils, hinter dem Kopf des ungefährlichen Jägers. Der Fächer seiner Federn bildete ein Rad, verweilte so, daß der weiße Schein den haarlosen Kopf des Greises beinern färbte; Schneehühner, Feldwachteln, Schnepfen flogen durch das Zimmer, und zwei weiße Krähen setzten sich auf je ein Knie.

Was rauschte so? Was krachte? Dem Jäger zitterte sein müdes Herz so stark, als es noch vor Freude zu zittern vermochte, denn: Ein mächtiger weißer Hirsch, dessen Geweih fast die Decke berührte, trat herein, hinter ihm eine Gruppe zarter weißer Rehe mit weißen Hufen. Die großen Augen waren auf den alten Mann gerichtet, dessen bläulich, blätterige Lippen sich zu einem abwesenden Lächeln formten. Als ob die schönen Tiere auf etwas warten wollten, so verharrten sie im Schritt. Plötzlich öffnete sich die Zimmerdecke, und zwei breite Tannen standen zwischen den Möbeln, und die weißen Rehe lehnten sich an sie an. Das spitze elfenbeinerne Geweih des Hirsches war, da er schiefhäuptig stand, mit seinem einen Ende wie ein Pfeil gegen das Herz des Feindes gerichtet. Der alte Mann fühlte ein seltsames Ziehen und Drängen im Herzen; er griff nach der Brust, die weißen Vögel flatterten auf die Tannen, nur der Auerhahn verblieb mit seinem Rad, und die Krähen flogen von den Knien zu den Schultern empor. Weiße Drosseln begannen leise zu singen. Wohlig löste sich der Druck. Die leeren Adern des Greises erfüllte Gesang statt Blut. Er hielt seine Arme den Tieren hin, wie zur Versöhnung, aber sie wichen aus. Nur die Bäume schoben sich näher an ihn heran, immer näher. Der Duft der Tannen bewegte ihn, ihre

Astarme schlangen sich um seinen Hals, immer fester, fester, fester... Süß sangen die weißen Vögel, die abseits verharrten; der große weiße Hirsch aber stand unbeweglich, sein Geweih noch immer gegen das Herz des Todfeindes gerichtet.

Büro

»Guten Morgen!«

»Guten Morgen!« tönte es gleichgültig und kalt wider. Die anderen sahen nicht von ihren Pulten auf.

Anton Wunderl hängte seinen Mantel in einen schmalen, dreiteiligen Kasten, bürstete den Hut, ehe er ihn in das obere Fach legte. Dann zog er den Rock aus, vertauschte ihn gegen einen alten, zu engen, dessen Ärmel löchrig waren; hinter einer spanischen Wand wechselte er gegen eine alte, glänzende Hose, seine neue, schön gebügelte aus.

Aufseufzend ging er nun an die Arbeit. Noch war der Vorstand nicht da, doch sein Vertreter, der Blasse, mit den rötlichen Flecken am untersten Teil der Wange, der wird sich doch die Gelegenheit nicht entgehen lassen, dem »Chef« die Verspätung mitzuteilen! Hatte er nicht auf die Uhr gesehen, als Wunderl eingetreten war? »Soll er es nur tun«, dachte der kleine Beamte im Trotz des Ohnmächtigen, »wenn es ihm Freude macht!«

Wunderl war heute sehr müde. Er hatte schlecht geschlafen. Von der neuen Arbeit, die ihm zugewiesen worden, hatte er geträumt. – Zahlen! Zahlen! Zahlen! ... Vor dem Zubettgehen bat ihn seine Frau noch, das Wirtschaftsgeld mit ihr abzurechnen. Sein Bub wartete mit einer mathematischen Aufgabe auf ihn! Zinseszinsrechnungen! Wunderl sah wieder das Grauenhaft-Friedvolle einer Zahlentabelle. So half er geduldig dem Jungen bei seinen Zinseszinsrechnungen und schloß auch die Wirtschaftsbücher seiner Frau ab. Im Bett versuchte er Zeitung zu lesen, doch schlief er schnell dabei ein. Er erwachte, als es noch dunkel war. Die kleine, kugelige Hand seiner Frau lag auf seiner Decke. Leicht fuhr er mit den Fingern drüber hin. Sie war erschrocken und richtete sich plötzlich mit stierem Blick auf.

»Schlaf nur wieder ein, es ist nichts! Ich muß schlecht geträumt haben«, sagte er. Der Bub, der auf dem vor dem breiten Ehedoppelbett aufgestellten Diwan lag, begann sich unruhig herumzudrehen.

»Pst! Pst!«, flüsterte Wunderl, »schlafen wir!«

Bald darauf hörte er die ruhigen Atemzüge von Frau und Kind. Ihm aber kam der Schlaf nicht. Der Kopf schmerzte.

Und wie so manchesmal in solchen Nächten begann er auf seine Weise zu beten, zu irgend einer Macht, die ihm helfen sollte. Aber er kam mit diesem Gebet nie zu Ende. Kaum, daß er es versuchte, stach ihn schon der Pfeil einer Sieben durch den Kopf, schlangen sich die Nullen in vielen Schlingen um seinen Hals, Neun und Sechs verschmolzen zu Ketten, die Titel der Lose und Effekte schwirrten durch die Luft; dazwischen sang es rhythmisch nach einer schweren Melodie: Länderbank, Bankverein, Länderbank, Bankverein...

Gegen Morgen erst eingeschlafen, wachte er mit einem schmerzhaften Gefühl im Herzen auf.

»Karl ist bereits zur Schule gegangen, du hast so lange geschlafen«, sagte lächelnd die Frau. Wie er sich jetzt beeilte!

»Wieder hast du das Gabelfrühstück in Zeitungspapier eingewickelt«, antwortete er brummig. »Laß es, jetzt ist es schon zu spät!«, er nahm es ihr fast böse aus der Hand, als sie es rasch in ein weißes Papier einschlagen wollte.

***

Nun saß er wieder an seinem Schreibtisch. Erst seit kurzer Zeit hatte man ihm eine neue Arbeit zugeteilt. Die frühere war abwechslungsreicher gewesen. Nur mehr Nummern waren zu lesen, Zahlen zu vergleichen, nachzusehen, ob dieser oder jener reiche Mensch das große oder ein kleineres Los gewonnen habe oder nicht. Immer brannte im kleinen Zimmer das elektrische Licht, gleichgültig, ob draußen die Sonne schien oder nicht, denn die Fenster, bestünden sie auch nicht aus gepreßten Glasscheiben, sie hätten nichts anderes durchscheinen lassen als graue hohe Mauern. Dabei glänzte die Schrift vom Kopierstift und machte die Augen brennen, fast tränen. Auch schmerzte der Rücken. Wunderl hielt sich das Kreuz mit verschlungenen Händen und neigte den Kopf zurück.

Ein Kollege vom Nebentisch schillerte aus grünen Augen zu ihm herüber. Er war einige Jahre länger im Amte als Wunderl und meinte, aus diesem Grunde das Recht zu besitzen, nicht nur dienstlich, sondern auch menschlich sich über den andern erheben zu dürfen. So fragte er gleichgültig und doch scharf hinter seinem Zeitungsblatt:

»Wie stehts mit den Donau-Losen? Fertig?«

Wunderl schrak zusammen; er wußte, daß dieser Mensch alles an den Vorstand brachte. Schnell tat er die Hände vom Kreuz.

»Gleich fertig«, sagte er willfährig, nahm den Stoß schwerer Zettel, setzte die Brille mit den übergroßen kreisrunden Gläsern hastig auf und begann nun, ängstlich Nummer um Nummer zu vergleichen.

Nach einer halben Stunde schwindelte ihn bereits. Er mußte sich ungemein anstrengen, um nicht einzuschlafen, den Kopf nicht auf die Brust sinken zu lassen. Jetzt kam der Vorstand ins Zimmer. Er war ein noch junger Mensch, mit rohem Gesicht, darin ein rötlicher Schnurrbart aufdringlich wirkte. Wunderl schien eifrig zu arbeiten, aber die Zahlen verschoben sich ineinander. Der Vorstand sah flüchtig, doch scharf auf ihn hin und dankte kaum für das ehrerbietig ausgesprochene »Guten Morgen«. Dann trat er zum Pult des Kollegen, der sich früher so sorglich nach Wunderls Arbeit erkundigt hatte, sprach mit ihm über die gestrige Tristanvorstellung, pfiff Motive daraus, berichtete über den »prachtvollen Film« *Das ewige Grab* und vergaß zum Schluß nicht, mit einem Witz abzugehen, der erst flüsternd begann und dann in lautes Gelächter überging.

Niemand kümmerte sich um Wunderl. Der Kollege, Spitzkopf hieß er, verzog höhnisch den Mund, als sich der Vorstand entfernte, und brummte ihm noch ein »Esel« nach. Dann stand er gähnend auf, ging in das Nebenzimmer, wo er einem anderen Beamten in geringschätzigem Ton das eben gehabte Gespräch mit dem Vorstand berichtete.

Wunderl, einen Augenblick allein im Zimmer, packte sein Gabelfrühstück aus. Spitzkopf, der eben eintrat, rief: »Sie, Sie verschlucken ja die ganze Zeitungsweisheit mit!«

»Schöne Zustände müssen das bei Ihnen zu Hause sein«, sagte der noch hinzutretende kleine alte Beamte namens Mondschein. Er hatte eine knarrende Stimme und saß bei der Arbeit immer in einem Strandkorb, weil er hinter jedem Lufthauch einen tödlichen Zug witterte. »Wie lange sind Sie schon verheiratet, Wunderl? Wie? Sinds nicht schon fünfzehn Jahre? Und da haben Sie es Ihrer Frau nicht beibringen können, für Ihr Brot weißes Papier zu verwenden?«

Wunderl gab keine Antwort; er wollte auffahren, aber es schien ihm besser, zu schweigen. Was immer er antwortete, es war ja nie das Richtige. Auch konnte er, wenn er erregt war, seine Stimme nicht meistern. Er begriff nicht, daß er sich nach so vielen Dienstjahren immer noch über solche Reden kränkte. Er warf das verhöhnte Zeitungsblatt in den Papierkorb und aß dann gleichgültig an seinem Butterbrote weiter.

Während er noch die Erregung in den Knien spürte, sprachen die anderen bereits über Politik, Kino,

Operetten, aber auch über die intimsten Angelegenheiten fremder Familien.

Wunderl verglich Zahl um Zahl, während die Beamten unter vielem Stöhnen, Gähnen und Anekdotenerzählen an ihre Arbeit gingen. Da läutete das Telephon. Spitzkopf, der neben dem Apparat saß, erhob sich schimpfend:

»Wenn ich es nicht bin, läute ich ab. Zufallswette?«, rief er. »Wer jetzt angerufen wird, ist ein – Schwein!«

Mit bösem, beleidigt scheinendem Gesicht trat Spitzkopf aus der Zelle:

»Wunderl! natürlich!«, rief er höhnisch. »Eine *Sie* ruft an.«

Alle gröhlten:

»Ha, ha, ha, der Wunderl! Es wird ja schon stimmen. Frühstück im Zeitungspapier, die Ehegattin, Göttergattin, ha, ha, ha, ha!« Der kleine Mondschein lachte.

Wunderl hörte gar nicht mehr, was sie sagten. Er war glücklich! Wie ein himmlisches Zeichen kam ihm der Anruf; wer immer es auch sein mochte; die Augen brauchten minutenlang keine Zahlen mehr zu sehen.

»Hallo!« Es war seine Frau. Sie könnte heute am Markt eine billige Gans erstehen. Achtzig Schilling koste sie nur, ob sie sie kaufen dürfe? Sie hätten die ganze Woche daran zu essen, meinte sie, oder – ob sie lieber Kalbfleisch nehmen solle, weil sie es »aufs Buch« bekäme... Er hörte nur »achtzig« und wurde sofort mißlaunig:

»*Du* führst doch die Wirtschaft und nicht ich«, antwortete er. Im Augenblick fiel ihm der freche Witz seiner Kollegen ein. Was er ihnen hätte antworten sollen, mußte nun seine Frau anhören. Das erleichterte seinen Ärger:

»Dazu läßt du mich rufen? Du weißt doch, wie

peinlich mir hier alles Private ist! Tu wie du glaubst! Auf Wiedersehen!«

Verstimmt ging er zu seinem Tisch zurück. Eine Gans wäre eigentlich ein guter Bissen gewesen, bedachte er, und schließlich: achtzig Schilling hätte er ja von der Vorschußkasse nehmen können. Wenn sie nur nicht so unselbständig wäre! Aber so häßlich hätte er nicht zu ihr sein müssen; auch konnte sie es nicht ahnen, wie oft sie ihn quälte. Sie lachte beim Addieren, es machte ihr Spaß! Unlängst sagte sie sogar: »Nun bin ich so tüchtig wie ein richtiges Bürofräulein«, als sie ihre Rechnungen durchsah. Er mußte es ihr heute doch sagen, welche Worte sie nicht mehr gebrauchen dürfe; er wollte sich ja zu Hause ausruhen, sich ablenken! Übrigens – wenn er aufgebessert bekäme, müßte endlich ein Klavier bestellt werden. Natürlich auf Raten. Seit seinem fünfzehnten Jahr hatte er nicht mehr gespielt. Er sehnte sich heftig darnach. Es kam ihn an, ein Volkslied zu pfeifen. Sein Gesicht wurde plötzlich freundlich. Dem Vorstand, der eben durchs Zimmer ging, sah er sogar offen ins Gesicht. Er merkte, daß er ein paar »Posten« abgestrichen hatte, ohne sie anzusehen. Teufel hinein! Wenn man ihm wieder auf Fehler käme! Gleich fing das Herz in der gewohnt erregten Weise zu schlagen an. Er bemühte sich nun doppelt eifrig, bei der Arbeit zu sein. Angestrengt sah er auf die Tabellen, aber nicht ohne zu vergessen, jede Viertelstunde auf die Uhr zu schauen.

Endlich schlug es eins! Wunderl ging zur Wasserleitung, das Handtuch wie einen Shawl um den Rücken gelegt (eine jahrelange Gewohnheit), und wusch sich umständlich die Hände. Dann lief er die Wendeltreppe hinab, die zur Kantine der Bank führte.

***

Hier saß er mit Menschen an einem Tisch, mit denen er kaum sprach und die auch ihn nicht beachteten. Er meinte, daß sie ihn haßten. Ein kalter, gleichgültiger Blick machte ihm schon das Herz zittern. Er aß, stand als erster auf und glaubte, daß keiner ihm antworte, wenn er flüchtig »Mahlzeit« sagte.

Mit dunklen Gefühlen stieg er wieder die Wendeltreppe hinauf. Sein Zimmer war endlich leer! Diese halbe Stunden genoß er täglich mit gleicher Freude; er spürte, wie sein Herz ausruhte. Er hatte die Fenster geöffnet, und wenn auch nichts zu sehen war als die hohe graue Mauer eines Hauses, die den vierten Teil eines breiten Schachtes bildete, den man gütig »Lichthof« nennt, so war er doch zufrieden, denn die Stöße der Nummernverzeichnisse lagen von ihm etwas entfernt auf dem Tisch, die Worte und Blicke der Kollegen waren nie gewesen, die Kälte des grauen Zimmers und der ihm grausam vorkommenden Möbel wurden von kargen Sonnenstrahlen erwärmt, die sie in dieser halben Stunde berührten.

Er hörte vom Gang herüber das Lachen und Lärmen der Kollegen, wie sie einander mit Wasser besprengten und dann ein voller nasser Schwamm auf jemanden niederklatschte. Ein Kreischen, ein peinliches Wort, plötzlich das widerliche Geräusch einer flachen Hand auf einer Wange! Darauf Gelächter. Die zwei Betroffenen traten gerade ins Zimmer. Der eine sagte zum anderen: »Nehmen Sie es zurück?« Der andere: »Nein!« »Nein?« »Nein!« »Auch gut«, lachte der Beleidigte.

Wunderl, der mit Verachtung zugehört hatte, verlor bei solchen Anlässen jeden Begriff von Moral, von Spaß oder Ernst; die Grenzen verschoben sich, und es geschah, daß er es als einen Mangel empfand, nicht die Leichtigkeit zu haben, Beleidigungen auch als »Scherz« hinzunehmen, wie die anderen.

»Da sitzt ja der Wunderl und dichtet!«, sagte der Geohrfeigte, ein glattrasierter, kahlköpfiger Mensch, dessen Hosen unten ausgefranst und ganz verknüllt waren und der den Namen Schweininger führte. »Er dichtet, bei Gott, er dichtet, seht ihr die Gloriole über seiner edlen Stirn?«

Wunderl errötete. Er bemühte sich zu lächeln, empfand aber quälend seine Charakterlosigkeit. Warum schrie er diese Menschen nicht an? Warum lachte er noch, wenn man ihn beleidigen wollte?

»Tun Sie das wirklich?«, sagte gutmütig ein anderer, ein alter Mann mit einem weißen Spitzbart, der trotz seiner Jahre eine bunte Seidenpapiermütze aufhatte. »Ja das Dichten! Das ist eine schöne Sache, aber begreifen kann ich es nicht. Wie ist das eigentlich, Wunderl, wenn man dichtet?«

Wunderl nahm den Stoß seiner Verzeichnisse und begann plötzlich mit großem Eifer darin zu blättern. Dies war ihm noch lieber, als über solche Dinge zu sprechen. Man hatte einmal im Büro in Erfahrung gebracht, daß in seiner Jugend, in einer Zeitung ein Gedicht von ihm abgedruckt wurde. Seit damals hatte er keinen Vers mehr geschrieben, und dennoch galt er als »verträumtes« und, wie die Leute es nannten, »ideal« veranlagtes Geschöpf. Eines stimmte: nichts verband ihn mit dieser Welt der Schreibtische und Rechenmaschinen.

»Nun erklären Sie mir, wie das ist, Wunderl«, sagte der Alte ehrlich neugierig. »Hat man da einen Rausch, wenn einem etwas einfällt, oder sieht man alles doppelt?«

»Das letztere schon«, antwortete Wunderl ernst. »Dem Dichter muß die Welt doppelt erscheinen, sonst wäre sie eben nur eure einfache, unzweideutige.«

»Ha, ha, ha, ha, ha. Der hats im Kopf«, lachte Schweininger. »Zu dem müssen wir erst in die Schule gehen; hören Sie, alte Seidenmütze, *er*, *er* wird uns die

Welt schildern, *er*, natürlich, er ist ja gescheiter als wir alle zusammen. Und wir? Was wissen denn wir? Wir sind natürlich die Dummen! Aber dafür in der Arbeit, da ist *er* eben zu gescheit, um sie richtig zu machen. Ha, ha!«

Wie leid tat es Wunderl, gesprochen zu haben! Wie oft nahm er sich vor, zu schweigen, aber er vermochte es nicht, wenn man ihn mit solchen Fragen reizte. Was ging es denn die beiden an, wie er heimlich dachte? Durch scheinbare Güte preßten sie Geständnisse aus ihm, die er nachher bereute!

»Gehen wir lieber an unsere Arbeit«, sagte Schweininger hochmütig, und zog den alten Mann fort.

Wunderl blieb allein zurück. Jetzt war wieder das drückende Gefühl mit den fliegenden Pulsschlägen da! Er beugte sich über die Zahlen. Seine Brust sank ein, der Rücken krümmte sich weitab von der Sessellehne.

So saß er bis zur Dunkelheit. Als er seine Unterschrift gegeben hatte, die bestätigte, daß er die vorgeschriebene Frist bis zur letzten Minute ausgeharrt hatte, zog er sich um, nahm Hut und Mantel. Wenn er gut ausschritt, brauchte er eine halbe Stunde bis zu seiner Wohnung. Heute ging er ganz langsam. Sein Kopf schmerzte.

***

In dieser Art lebte er Monate und Jahre fort. Zu Hause hatte sich seitdem wenig geändert. Der Sohn besuchte noch die Mittelschule, seine Frau rechnete wie immer, um den kleinen bürgerlichen Haushalt zusammenzuhalten. Wunderl war abends müde; manchmal saß er, zusammengekauert, beim längst angeschafften Pianino; mit harten Fingern spielte er ein Volkslied. Sein Gesicht verklärte sich dabei, als hörte er die herrlichste Musik, doch konnte er fast bedrohlich werden, wenn man ihn dabei störte. Waren Frau und Sohn bei jenen »Konzerten« in der Wohnung, mußten sie sich angewöhnen, auf den Zehenspitzen zu gehen. Auch wenn der Vater »übte«, das hieß: wenn er sich Melodien nach dem Gehör am Klavier zusammensetzte, mußte Ruhe sein. Hatte er endlich das Lied gefunden, begann er es lange zu »üben«, das füllte viele seiner Abendstunden aus.

Überhaupt war der Vater manchmal recht seltsam. In der letzten Zeit konnte er stundenlang sitzen und nicht sprechen, keinen lieben Blick geben, nur in die Lampe und auf die Decke starren. Schreckte man ihn aus diesen Träumen durch ein gleichgültiges Wort auf, dann geschah es oft, daß seine Stimme überlaut wurde, und seine Hände, die sich erst wie verzweifelt das Haar rauften, wirr durch die Luft fuchtelten.

Über Rechnungen und Zahlen durfte nicht mehr gesprochen werden. Bekam er sein Monatsgehalt in einem geschlossenen Briefumschlag durch den Diener überreicht, zählte er ihn nicht nach, sah kaum darauf hin, und hielt ihn zu Hause mit drei übertrieben spitzen Fingern seiner Frau entgegen. Die mußte damit wirtschaften, sichs einteilen, ohne ihn zu fragen, und davon auch seine Zigaretten besorgen. So lebte er einsam in seinem Hause, einsam im Büro und am einsamsten bei sich selbst.

Die Arbeit im Amt war alle Jahre die gleiche geblieben, wie der Vorstand, die Kollegen und seine Angst. Nur sein Haß war größer geworden. Ganz dunkel stieg er manchmal wie eine schwarze Wolke vom Herzen auf und verhärtete es täglich mehr; der Blick war oft verstört, fast böse. Nicht mehr wie sonst getraute man sich, Wunderl zu verhöhnen. Man ging ihm aus dem Wege, denn er konnte manchmal roh und ungemütlich werden.

Die verlorenen Kräfte seiner Jugend zu spüren erboste ihn am meisten. Er lebte sich immer mehr in den Gedanken ein, daß er sich für dieses »schwarze

Haus« geopfert habe, daß sein vergangenes Leben ein verfehltes gewesen, und daß die Zahlen die ungeheure Dämonie besäßen, ihn einmal zu morden. Es konnte da geschehen, daß er, auf der Straße gehend, plötzlich gegen eine Kette verschlungener Nullen anrannte, und daß die Dreier und Fünfer als böse Geister mit kleinen, roten Köpfen vor ihm tanzten.

Er erschrak vor der Kraft dieser Bilder, doch schob er sie immer wieder fort, ohne aber hindern zu können, daß sie ihn fast ständig umgaben.

***

Eines Abends, da er besonders müde und verbraucht nach Hause kam, fand er seinen Sohn am Speisezimmertisch sitzen und lernen. Die Bücher, Hefte, Bleistifte, Zirkel und Winkelmesser lagen verstreut umher. Das Nebenzimmer, in das Wunderl hätte gehen können, war ungeheizt und ungemütlich. Man mußte ja mit den Kohlen sparen! So war er gezwungen, im gleichen Zimmer mit dem Sohn zu bleiben. Erschöpft ruhte er auf dem Diwan, die Zeitung in der Hand; traumhaft dämmerte er hin. Plötzlich ward ihm die lernende Stimme bewußt. Er hörte sie gerade sagen: »Eins durch Unendlich ist Null.« Und das wiederholte sie einige Male nacheinander. Schon versank die Stimme hinter neuerlichem Dämmern. Aber ohne daß Wunderl es anfangs merkte, sagte er mechanisch, es gar nicht erfassend, zu sich selbst: »Eins durch Unendlich ist null, Eins durch Unendlich ist Null, Eins durch Unendlich ist Null!« ... Plötzlich sprang er gequält vom Diwan auf. Er wußte ja nicht, was dies bedeutete, was er immer wieder gedankenlos nachsprach.

»Du, Franz, was lernst du da? Was heißt das: Eins durch Unendlich ist Null?«

Franz erklärte ihm die Formel, indem er sie aufzeichnete. Da sah Wunderl zum erstenmal das mathematische Zeichen für die Unendlichkeit: Das war ja ein liegender Achter!!

»Merkwürdig«, sagte er, »merkwürdig«; dann legte er sich wieder hin und schlief ein.

***

Am Morgen saß er bei den Zahlen und Nummern, wobei er einige Male 88 oder 888 zu schreiben hatte. Wie im Traum sah er lange darauf hin, dann aber wurden die Achter riesengroße, hohe, schlanke Türme, neigten sich erst, bildeten einen spitzen Winkel auf der Erde und fielen langsam und lautlos um. Wunderl erschrak so, daß er vom Sessel sprang. Zum Glück war niemand im Zimmer. Er wischte sich über die Stirne und versuchte weiterzuarbeiten. Aber wie immer er sich auch bemühte, riesengroß lag der Achter vor ihm! »Was bedeutet das?«, dachte er fiebernd: »Unendlich«, klang es leise, wie aus der Ferne. Aber dann schwoll es an, als ob tausend Stimmen es schrien: »Unendlich, unendlich« ... Wie von Chören höhnender Dämonen: »Unendlich, unendlich, unendlich...«

Er saß da und ließ die Stimmen schreien, bis er selbst laut vor sich hin sagte: Unendlich, unendlich! Unendlich lange bin ich an diesem verhaßten Pult gesessen, unendlich lange werde ich noch hier sitzen. Unendlich! Welch fürchterliches Wort für ungeliebtes Tun! Erlösend rannen Tränen über seine Wangen, er schluchzte, weinte, hoffnungslos gab er sich der neuen Verzweiflung hin. Kraftlos lehnte er im Sessel. Die Haare, naß und verklebt, fielen ihm in die Stirne.

Der Vorstand trat ins Zimmer. Wunderl bemerkte ihn nicht. Der Vorgesetzte sah in das tränenbefeuchtete Gesicht des Beamten.

»Um Gottes willen! Sie sind ja krank, warum gehen

Sie nicht nach Hause?«

Wunderl schwieg.

»Kranke Leute kann ich nicht brauchen, Sie haben Fieber.« Er berührte Wunderls Stirn. Wunderl wand sich unter der kühlen Hand des Verhaßten. Immer wieder klagte und stöhnte es: »Unendlich, unendlich, unendlich...«

»Gehen Sie nach Hause, Wunderl«, der Vorstand war ganz milde geworden, »und bleiben Sie solange aus, bis Sie gesund sind, hören Sie?« Er legte seine Hand auf Wunderls Schulter. »Packen Sie ein!«

»Spitzkopf!«, rief der Vorstand: »Herrn Wunderl ist nicht wohl. Übernehmen Sie seine Arbeit bis auf weiteres!«

Spitzkopf schaute wütend auf Wunderl. Aber er nickte höflich und gefällig.

»Also ziehen Sie sich an, Wunderl, und gute Besserung!«

Wunderl schwieg noch immer. Kopfschüttelnd ging der Vorstand aus dem Zimmer.

»No«, sagte Spitzkopf jetzt, »ganz gut gemacht, tüchtiger Bursch; allzulange werden Sie doch hoffentlich nicht am Semmering bleiben? Wie?«

»Unendlich, unendlich, unendlich!«, klangs durch das Zimmer, während Wunderl, die Rede nicht beachtend, sich anzog, und noch weiter, als er, noch immer weinend, die schöne, mit den lieblichen Bronzeengeln geschmückte Stiege hinabschwankte.

***

Nach Hause gekommen, war er wieder er selbst. Die erschrockenen Fragen seiner Frau beantwortete er nur kurz:

»Mir ist nicht gut.«

Damit war jedes Gespräch hierüber abgeschlossen.

Wunderl fühlte sich frei. Es war jetzt zehn Uhr Vormittag, er konnte in seinem Zimmer sein, konnte tun, was er wollte. Die schauerlichen Zettel und Menschenangesichter waren versunken. Er hätte jetzt lachen mögen, ebenso lange, wie er vorher geweint hatte. Gleich versuchte er ein altes Wienerlied zu spielen. Seine Frau kam herein:

»Was kochst du heute?«, fragte er sie mit gutmütiger Stimme, daß sie erstaunt und erfreut aufsah.

»Rindfleisch mit Schnittlauchsauce«, lächelte sie, denn es war seine Lieblingsspeise. Ja, das aß er gerne! Endlich, endlich konnte er lachen! Erst leise, dann aber immer lauter, immer länger, immer atemloser – bis er erschöpft auf den Diwan sank.

Voll Angst sah seine Frau zu ihm hin. Wie sie näher kommen und zärtlich sein wollte, stieß er sie fort. Lange lag er mit hartem Atem und geschlossenen Augen wie ohne Bewußtsein. Plötzlich erhob sich ein riesiger Turm und stand dröhnend als ACHTER vor ihm. Nun war das Gespenst wieder da.

»Therese!«, schrie er, »gib es weg, gib es weg!«

»Was denn«, rief sie, »was soll ich dir denn weggeben?«

»Das Entsetzliche«, keuchte er.

»Ich will nach dem Doktor schicken«, sagte sie erschreckt, »bis Franz kommt.«

Wunderl gab keine Antwort und stöhnte schwer. Er konnte nicht mehr sprechen, denn schon formten sich neue Bilder.

An diesem entsetzlichen Turm, der jetzt schief stand, immer bereit, umzufallen, krochen Spitzkopf und der Alte mit der Seidenpapiermütze empor. Wunderl hielt den Atem zurück, aus Angst, sie könnten durch den Lufthauch aus seinem Mund herunterfallen. Aber es geschah nichts. Sie lachten nur und schwenkten mit dem Blatt einer vollständig mit Zahlen übersäten Tabelle, die nun langsam, als schwarzer Regen, unaufhörlich auf Wunderl herabrieselten, unaufhörlich, bis die Zahlen ihn zudeckten, ihm die Luft benahmen, daß er laut schreien, den Rock, den Kragen aufreißen, an der Brust zerren mußte, um die bösen Gespenster zu bannen, die wie Druden auf ihm haufenweise hockten!

Da trat der Arzt ins Zimmer. Er befühlte Wunderls Stirne und Puls, klopfte ein Thermometer mit scheinbar übergroßer Kraftanstrengung nieder, steckte es stechend in Wunderls Achselhöhle und preßte mit seiner Hand des Kranken Oberarm fest an den Körper. An der Türe standen Frau und Sohn mit angstvoll fragendem Blick. Der Arzt besah das Thermometer:

»37,8! Wo fehlt es eigentlich?« Wunderl schwieg. »Was haben Sie für eine Beschäftigung?«

»Beamter.« Wunderl lachte überlaut. Der Arzt sah interessierter auf.

»So, so. Ein wenig überarbeitet halt. Bißchen ausspannen! Werde Ihnen ein Eisenmittel verschreiben. Dreimal am Tag zu nehmen. Blutarmut, zu viel Zimmerluft.« Und er schrieb das Eisenmittel auf. Dann ging er, von der Frau mit vielen Bücklingen hinausbegleitet. Wunderl verfiel gleich wieder in stieres Brüten.

***

Zwei Tage lag er so. Er nahm die Pillen, die Frau kochte kunstvoll für weniges Geld leckere Speisen, der Sohn brachte einen leicht spielbaren Walzer in C-Dur, der in der Begleitung nur immer wieder den Dreiklang hatte und Elfentanz hieß. Dies freute Wunderl so, daß er aufstand und zum Klavier ging. Nach einer Stunde Spiel war ihm besser. Er wurde heiter und gesprächig, fast sorglos. Die Gespenster waren gewichen. Mittags ging er mit dem Sohn spazieren und fühlte sich behaglich in der Sonne. Aber gegen sechs Uhr abends kam der Bürodiener. Er verzog sein falsches Gesicht zu einer höflichen Grimasse und sagte, daß er nur fragen komme, wie es dem Herrn Wunderl gehe. Der Herr Vorstand ließe sich erkundigen, weil der Laufbursche Alois nämlich den Herrn Wunderl und den Herrn Sohn auf der Gasse habe spazierengehen sehen. Die Herren hätten jetzt zu viel im Büro zu tun, und die Arbeit häufe sich seit der Krankheit des Herrn Wunderl.

Wunderl erschrak so, daß ihm im Augenblick fast das Bewußtsein verging. Man hatte ihn gesehen! So mußte er also wieder zurück! Wieso hatte er vergessen können, daß er wieder zurück mußte?

»Ja, ja«, wandte er sich an den Diener, »sagen Sie dem Herrn Vorstand, daß ich mich wohler fühle und bald kommen werde!«

»Der Herr Vorstand läßt aber den Herrn Wunderl fragen, ob der Herr Wunderl nicht morgen schon kommen könne?«

»Ja, ich werde morgen kommen.« Er keuchte mehr als er sprach.

»Empfehle mich, Herr von Wunderl, empfehle mich.«

Nachher sprach Wunderl nicht mehr. Seine Hände hatten hastige Bewegungen, sein Gang war schwer. Er wollte nichts essen. Nichts hörte er als: »Morgen, morgen, morgen«, erst leise und dann immer lauter dröhnte, sauste, schwirrte, klagte es in seinen Ohren: »Unendlich! unendlich! unendlich!« Das Herz klopfte rasend wie die Pulse. Schon begann es wieder auf ihn zu rieseln von Zahlen, schon stachen ihn viele Siebener durch die Brust, grinste Spitzkopfs Gesicht, die Tabelle, aus der die Zahlen niederrannen, als Kolombinenkrause um den Hals gelegt.

Stöhnend schlief er tief unter Millionen übereinander getürmter Zahlen. Am Morgen, beim Erwachen, war ihm der Körper übermäßig schwer. Er lag, starrte empor und zählte mechanisch die Sterne des Ornamentes an der Zimmerdecke: 1, 2, 3, 4, 5, 6, 7, 8, – auf einmal riß es ihn auf – acht – acht – Erschöpft fiel er wieder zurück.

»Wolltest du heute nicht ins Büro gehen? Du könntest möglicherweise sonst Anstände haben, da man dich gestern gesehen hat«, mahnte Frau Therese. Zu schwer gruben sich seine Glieder ins weiche Bett. Wieder ins Büro? Zu dem grausamen Schreibtisch, den grausamen Zetteln, Gesichtern und grausamen Lächeln? Wird ihm auch nur einer glauben, daß er krank gewesen? Er spürte schon jetzt die Röte aufsteigen, die ihn immer überkam, auch wenn er ganz unschuldig war, und die sich besonders dann am stärksten zeigte, wenn man in seiner Gegenwart jemanden verdächtigte. Einer ohne Menschenkenntnis hätte ihn sicher für den Dieb halten müssen.

»Also willst du nicht aufstehen?«

Wunderl blieb stumm. Er stand zwar auf, aber die Angst wurde größer und damit die Unsicherheit, wie er diesen Menschen dort begegnen sollte. Als seine Frau dem Fortgehenden ins Gesicht sah, erschrak sie so, daß sie ihn bat, doch zu Hause zu bleiben. Er war ganz bleich, der Blick war flackernd und hatte einen zum Fürchten bösen Ausdruck. Hart waren die Lippen aufeinandergepreßt. Sie formten nur einen bläulichen, schmalen Strich. Der Schritt war suchend.

»Wäre es nicht besser«, fragte sie wieder, »du bliebest doch noch heute zu Hause?«

»Besser wäre es schon«, antwortete er, unheimlich lachend, und schlug die Türe hinter sich zu. Sie rief ihm immer wieder dasselbe nach, aber er beachtete es nicht. Sie hörte, wie er, die Stiege abwärts laufend, zu sich selber sprach und sang und mit dem Stock über das Geländer schleifte.

***

Die Aufnahme im Büro war kühl. Der Vorstand sah weg, als er ihm die Hand reichte, und tat ihn kurz und angestrengt freundlich ab. Alle Kollegen schwiegen beleidigt, keiner fragte nach seinem Befinden, Spitzkopfs Mundwinkel wurden nach abwärts zu ganz lang, aber auch er schwieg, wie alle anderen. Wunderl kroch langsam ein Eiswurm übers Herz, der stieg aufwärts bis zur Kehle, die er zusammenpreßte. Endlich saß Wunderl bei seiner Arbeit. Bei näherer Betrachtung bemerkte er, daß Spitzkopf, der ihn hätte vertreten sollen, nicht das mindeste geleistet hatte. Wunderl mußte sehr hasten, wollte er »à jour« werden. Wie er aber die Ziehungsliste aufschlug, um die Restanten der Donau-Lose nachzusehen, entstand plötzlich ein Tumult, ein Geschiebe und Gedränge unter den Zahlen; sie schwammen oder flogen fort, schwärmten – bis allmählich nichts mehr zu sehen war, als eine dunkle Fläche. Doch dann! dann! ... Achter stiegen einer neben dem andern auf, schlangen sich um Wunderl, schnürten ihn ein; manche lösten sich und fielen auf die dunkle Fläche der verschwimmenden Tabellen. Dann brauste der Lärm heran, der Lärm der Chöre: »Unendlich, unendlich, unendlich!«

Ungemeine Angst würgte ihn. Sein Herz klopfte überlaut! Der Atem brannte, aus den Augen tropften Tränen, die heiß waren, wie etwas Glühendes. Immer spukhafter wurde ihm die Welt, immer wilder tanzten die Zahlen in einem Heer kleiner, zarter Männchen! Eine Zündholzschachtel lag auf dem Tisch. Wunderl lachte glucksend, strich ein Hölzchen an, hielt es gierig an den Zipfel eines Zettels. Gleich flammte dieser auf; schon bog sich das steife Blatt; das Feuer rann wie etwas Flüssiges über das Papier. Wunderl ließ den brennenden Rest ruhigen Gesichtes auf den Stoß der Zettel fallen, und schon ergriff auch sie das Feuer. Wunderl, dessen Herz ganz leicht geworden war, warf nun mit völlig unempfindlichen Händen die brennenden Stöße durch das ganze Zimmer, auf alle die verhaßten Gegenstände! Es brannte der Schreibtisch, der Kasten, in dem jene Zettel lagen. Mit einem jubelnden Laut warf Wunderl seine Kleider von sich und sprang nackt in der Hitze von Gegenstand zu Gegenstand; Freudentränen liefen ihm über die Wangen, er küßte die Flamme, rief sie mit Engelnamen und fühlte nicht, daß er sich den Mund schmerzend verletzte. Da wurde die Türe geöffnet. Spitzkopf schaute herein und schrie:

»Feuer! Feuer!«

»Feuer«, riefen alle – helfen war unmöglich geworden. »Feuer, Feuer«, schrie es von überall her – »Feuer, Feuer« – – –

Er hörte noch »Feuer, Feuer« rufen – das trieb ihn an, den brennenden Sessel aus dem Fenster zu werfen. – »Ihm nach« – dachte sein wirres Gehirn, und schon schwang er sich auf das Fensterbrett – – –

Dann lag er, die Arme ausgebreitet, als ein verbrennendes Kreuz, im Quadrat des Lichthofgrundes.

Die kinderlose Mutter

Maria Klaar war schon dreiunddreißig Jahre alt, als sie den fünfundvierzigjährigen Professor der Zoologie, Dr. Hermann Lennél, nach fünfzehnjähriger Brautzeit geheiratet hatte; denn endlich wurde er für seine Arbeit über »Fetzenfische« zum ordentlichen Professor ernannt. Nun lebten sie in dem von seiner Mutter ererbten kleinen, ebenerdigen Landhaus in Döbling; Maria versorgte Garten und Wirtschaft, während er bei seinem Schreibtisch saß und schrieb.

Durch den alten Hausrat war die Wohnung sehr heimlich: ein runder Tisch im Speisezimmer, hohe rohrgeflochtene gotische Stühle, eine Vitrine mit Familienerinnerungen, ein Schlafzimmer und der Studierraum mit den vielen Büchern und den ausgestopften Vögeln. Die Lampe hatte einen Schirm aus Paradiesvogelfedern, die losen Manuskriptblätter waren mit einem der Breite nach abgeplatteten Straußenei beschwert, das wie Marmor aussah.

Neben dem Schlafzimmer befand sich noch ein Zimmer: ein helles Gartenzimmer, dessen Wände mit weißer Ölfarbe gestrichen waren. In halber Höhe hing ein bunter Fries, der heitere Szenen aus dem Kinderleben darstellte, schon etwas verblaßt. Dieses Zimmer war für das Kind gedacht. Hier hatte der Professor seine ersten Jahre verbracht. Das einzige Möbelstück, das an der Wand lehnte, war ein morsches Spielbänkchen mit seitlings angebrachten farbenvergilbten Holzkugeln, die auf schon verbogenen, dünnen Eisenstäbchen aufgereiht waren. Mit Rührung gedachte er da der Liebe seiner Mutter, die sich von diesem Gegenstand nie zu trennen vermocht hatte.

In dem dreiteiligen Erkerfenster, vor dem ein dunkler Tannenbaum und zwei Birken ihre Zweige senkten, blühten rote und rosenfarbene Geranien.

***

Maria hatte in diesem Garten nun schon dreimal die Veilchen, Rosen und Sonnenblumen blühen gesehen. Dann kam der Schnee und hielt sie vom Garten fern. Da saß sie im Zimmer und nähte an vielen kleinen Wäschestücken. Aber ihr Gesicht war traurig dabei. Kam der Professor zu ihr herüber und sah sie das kleine Zeug nähen, wandte er sich ab. Wie ein Frevel schien es ihm, daß sie nicht glücklich war, mit ihm allein nicht glücklich war! Noch mehr wollte sie? Sie lebten doch so schön miteinander! Er wußte nicht, was heimlich in ihr vorging.

***

In der Nacht vor ihrem fünfunddreißigsten Geburtstag hatte sie einen so lebendigen Traum, daß sie sich beim Erwachen schwer zurechtfinden konnte. Der Professor schlief noch. Seine schmalen, fast frauenhaften Hände hatte er, wie es Kinder tun, am Rande der Bettdecke liegen. – Jetzt wachte er auf und sah das verjüngte Gesicht seiner Frau. Gleich erinnerte er sich ihres Festtages, beugte den Oberkörper hinunter zum Boden und zog ein großes, weißes Paket hervor, das er ihr lächelnd überreichte. Sie löste das raschelnde Papier und gewahrte ein Paar Eichelhäher, die, kunstvoll ausgestopft, auf einem kleinen Baumstamm saßen und sie mit glänzenden Glasaugen ansahen. »Das sind Museumsexemplare«, sagte er stolz. »Ich dachte, dich werden sie freuen. Nicht? Du kannst sie ins leere Erkerzimmer zu den Blumen stellen.« Er merkte nicht, daß ihr Gesicht dunkler wurde. Was sollte sie auch mit diesen toten Vögeln, die ihr unheimlich waren? Doch durfte sie ihn nicht kränken. Sie dankte ihm lieb für das Geschenk und küßte ihm Stirne und Wange.

Erst wollte sie ihm ihren Traum erzählen, doch konnte sie plötzlich nicht. Sie stand vom Bett auf und unversehens riß sie mit der Decke die von ihr bereits vergessenen Eichelhäher mit. Seine Hände griffen schützend durch die Luft. »Ach du, die kostbaren Exemplare!« »Hätten sie gesungen, sicher hätte ich sie nicht umgeworfen!« »Ich begreife nicht, daß du sie als Tote empfindest – übrigens singen Häher nicht«, sagte er wieder lächelnd. »Verzeih!« Sie war nicht mehr bei dem Gespräch anwesend, so sehr bedrängte sie der Traum dieser Nacht. Mitten im Anziehen mußte sie innehalten, neuerlich vom Traum überwältigt. Er merkte nichts, strich über das Gefieder der Vögel immer wieder hin. »Arme Kleine!«, sagte er zu ihnen, als lebten sie. »Arme Kleine!«

Maria, noch unfertig angekleidet, ging in das leere Zimmer, vor dessen Fenster sich die Bäume wieder zu beleben begannen. Ihr schienen jetzt die drei Ehejahre länger als ihre fünfzehnjährige Brautzeit. Sie konnte sich nicht beklagen. Er war ja so gut, so dankbar, und friedlich war es im Haus. Das eben war es, das sie bedrückte. Die Stille in der Wohnung, eine Stille, die laut war. Entweder hielt Hermann seine Vorlesungen, oder er saß in seinem Zimmer bei den Büchern. Kam er dann zu ihr herüber, konnte sie vorher seinen Schritt nicht hören, weil er sommers und winters dicke Filzpantoffeln trug, so daß sie erschrak, wenn er plötzlich dastand. Ohne daß sie es bemerkt hätte, hatte sie sich auch einen leiseren Gang angewöhnt. Wenn sie in der Küche manchmal lauter hantieren mußte, schlug ihr gleich das Herz heftiger. Still vollzog sich auch das Hauswesen, die Aufräumefrau, die täglich kam, störte nicht durch vieles Reden, der Briefbote läutete nie, warf die Post bloß in das Briefkästchen, die Milch stand morgens in Flaschen auf der Erde vor der Türe, daneben lag die Zeitung und das Säckchen mit dem Gebäck.

Besuche kamen selten, ab und zu ein Student. Hermann und Maria hatten keine Freunde; die nahen Verwandten waren verstorben.

Da, im leeren Zimmer stehend, hörte sie wieder das Kinderjauchzen aus dem Traum! Und sie sah das Kindchen: Es hatte lichtblonde zarte Härchen, große dunkelblaue, schwarzbewimperte Augen. Die ganze Nacht hatte es an ihrer Brust getrunken, in langen saugenden Zügen, daß morgens die Brust noch schmerzte.

An der Stelle, an der das Gitterbett hätte stehen sollen, stand Maria und strich mit der Hand durch die Luft über das Köpfchen. Nun klang wieder dieses Jauchzen auf.

Maria sah sich staunend an der leeren Wand lehnen, die Hand zärtlich von sich gestreckt. Ihr ward bang, sie lief aus dem Zimmer, den Kopf schüttelnd, zu sich selber sprechend.

Der Professor suchte sie schon. »Kind, hast du unser Frühstück vergessen?!« »O verzeih, wie konnte ich!«, sagte sie hastig. Gleich darauf hörte er sie Kaffee mahlen. Dann deckte sie den Tisch – er holte das Eichelhäherpaar, das so friedlich auf dem Baumstamm saß, und stellte es mit einem kindlich-listigen Lächeln in die Mitte des Geburtstagstisches.

Sie brachte das Frühstück herein, lächelte auch über »die Geburtstagsgäste«, die wie zwei ausgeblasene Lebenslichter zwischen Zuckerdose und Gebäck die Tafel verschönern sollten. Wie sie aber die Milchkanne dazu stellen wollte, warf sie die Vögel um. Ein dunkles Schwanzfederchen des einen Eichelhähers flog in die noch leere Tasse des Professors. Er war doch ein wenig entrüstet, allerdings nur im Blick, der mild verweisend auf Maria gerichtet war. Da hatte sie schon den Kaffee und die Milch in die Tasse geschenkt und das dunkle Federchen schwamm darin obenauf. Der Professor, etwas nervös, warf unversehens die Tasse mit den Händen um und so rann der Inhalt mit dem Federchen über den Tischrand auf den Teppich. Dadurch kam Bewegung in Maria und Hermann, aber eine Bewegung ohne Heiterkeit. Die unglücklichen Vögel entfernte der Professor von dem ihnen eben nicht gebührenden Platz, um sie in sein Studierzimmer zu tragen.

***

Es gingen die Tage mit ihrem lautlosen Gang vorbei. Maria hatte der Traum nicht mehr verlassen. Innere Bilder wurden immer deutlicher, immer wirklicher. Darüber aber sprach sie nie mit ihrem Mann, und er ahnte auch nichts. Er fühlte sich behaglich in seiner Häuslichkeit. Maria sorgte ja so gut für ihn, und wie dankbar war er ihr dafür! Auch konnte er viel von den Tieren mit ihr sprechen. Wenn er gewußt hätte, wie selten jetzt ihre Gedanken bei seinen Erzählungen verweilten und wie sie sich selbst darüber Vorwürfe machte. Aber, merkwürdigerweise, wenn er in seiner etwas leiernden Art von seinen Arbeiten zu reden begann, sah sie das blonde Traumkind auf ihrem Schoß liegen, was ein seltsames Glücksgefühl in ihr hervorrief.

»Ja, erzähle nur, Lieber«, dachte sie, während ihre Hand die weichen Kinderhaare aus der Stirn strich, »erzähle nur, Lieber.« Und er erzählte von den Geckonen, einer Echsenart, denen es möglich ist, durch die an den Füßen befindlichen Haftkissen an überhängenden glatten Wänden und an der Zimmerdecke emporzuklimmen. Und er erzählte viel, von den Haftkissen im besonderen, die durch Luftdruck wirken. Dann sprach er von Spaltzünglern, vom Teju, dem großen Leguan und dem ihm verwandten Basilisken, dem fliegenden Drachen auf Java.

Ja, das Kindlein war größer geworden. Schon konnte es sich bewegen, selbst das Ringellöckchen, das in die Stirn fiel, reichte bereits bis zum Auge. – Wie lieb es war! Richtig, sie mußte Hermann doch zuhören. Er sprach auch vom Chamäleon, vom Scheltopusik, vom Skink, vom Chirotes und von dem häßlichen Amphisbaena.

***

So wuchs das Kind immer mehr heran. Jetzt lief es Maria schon nach, das heißt, es rutschte bloß. Wenn sie nur von der Küche weg in das Zimmer ging, gleich hielt es sich am Rocksaum fest und zog und zog.

Leise sprach sie ihm vor: »Mama«, ganz leise, daß es der Professor nur ja nicht höre und ebenso leise klang es wider: »Mama«. Nur im leeren Zimmer sprach Maria mit dem Kind, hingekauert am Fußboden, an der Stelle, wo das Gitterbettchen hätte stehen sollen.

***

So fand sie der Professor einmal ausgestreckt auf der Erde liegen. Er hatte sie vorher vergeblich gerufen, gewartet und wieder gerufen. Er suchte sie überall, bis es ihm einfiel, auch in das leere Zimmer zu sehen. Da lag sie, die Arme aufwärts gehalten, an die weiße Wand gelehnt, die lustigen Kinder lachten aus dem Fries auf sie herab und schwenkten ihre Zipfelmützen. Er lief zu ihr hin, rief sie an, immer wieder, doch schlug sie die Augen nicht auf. Er erhorchte den Herzschlag. Gott sei Dank! Er war zu vernehmen. Da holte er Wasser aus der Küche und schüttete es in seiner Angst über das Gesicht Marias. Und wirklich, sie öffnete die Augen und sah ihn an. Aber mit funkelndem Blick! Er erschrak, rief ihren Namen und stützte sie mit der Hand im Rücken, daß sie sich erheben konnte. Ihre Hand lehnte noch immer an der weißen Wand und sie schaute starr darauf hin. Plötzlich sagte sie ganz langsam: »Mama«.

Ihm ward bang. Sie war so schwach, daß sie kaum gehen konnte; so trug er sie ins Wohnzimmer hinüber und bettete sie ungeschickt auf das Sofa.

Dann holte er den Arzt. Der untersuchte Maria lange. Nachher meinte er, sie bedürfe sehr der Schonung. Auch wäre sie zu sehr allein, grüble zuviel. Seiner Meinung nach sollte sie ein Kind haben. Ein anderes Mittel wisse er nicht.

***

Die Träume waren stärker denn je. Das unsichtbare Kindlein wuchs. Sie hatte für es keinen Namen, sie wußte nicht einmal, ob es ein Knabe oder ein Mädchen sei. Es war eben nur »das Kind«. Wenn sie allein war, hielt sie es im Schoß, lehrte es sprechen, auch Lieder singen, bitten und beten. Wie alt es sein könnte, bedachte sie nicht. Es wuchs heran, aber es hatte doch keinen Körper und keine Kleider. Es war so, als ob ein Kinderköpfchen sich von Woche zu Woche immer nur um einige Zentimeter nach aufwärts heben wollte.

***

Nun gingen die Tage wieder ruhig dahin. Die Träume beglückten sie, der Professor entbehrte nichts, er spürte eine warme Mütterlichkeit von Maria ausgehen, die ihn oft zwang, den Kopf in ihren Schoß zu legen.

***

So sehr war Maria in ihrem Traum, daß sie es erst gar nicht merkte, wie sich ein neues, wirkliches Leben in ihr zu regen begann. Sie sagte ihrem Mann noch nichts davon. Als aber ihr Zustand keinen Zweifel mehr zuließ, teilte sie ihm die Botschaft mit, und er freute sich. Sie aber? Fast schien es ihr, als hätte sie schon jetzt das Traumkind lieber.

***

In den nun schon langen Abenden saßen Maria und Hermann beisammen und sprachen von den künftigen Tagen. Was es werden würde? Bub oder Mädchen? Er dachte sich schon Namen für sie aus. Den Knaben wollte er Telephorus, das heißt Schneekäfer, nennen, das Mädchen aber Cetonia, das heißt Rosenkäfer, weil diese seine Lieblingskäfer waren.

Sie saß still neben ihm. Er umgab sie mit soviel Geduld, soviel Sorgfalt. Ließ sie nichts mehr arbeiten. Für ständig wurde eine Hilfe in den Dienst genommen. Maria durfte den ganzen Tag sitzen und träumen, auch wenn es viel besser für sie gewesen wäre, beschäftigt zu sein.

Einmal, als sie wieder mit dem Traumkind, wie in früheren Zeiten, leise im leeren Zimmer sprach, fühlte sie, wie schon öfters, eine Bewegung in ihrem Schoße. Nun wußte sie es. Das neue Kindlein wollte das ältere nicht dulden. Es machte sein Recht geltend.

Und so geschah es, daß sie gegen das Kind, das kommen sollte, einen Widerstand empfand. Drängte es doch ihr Traumkind fort, das schon so viel sprach. Nicht mehr traumhaft empfand sie es, denn sie war schon so tief im Übersinnlichen befangen, als daß sie selbst eine Trennung vom Wirklichen hätte veranlassen können.

***

Die Tage gingen den Gang des Laubs. Nun fielen die Blätter von den Bäumen. Maria sollte des Kindes genesen.

Der Professor brachte sie in eine Klinik, blieb bei ihr, bis die Schmerzen kamen. Dann wies man ihn in die Halle. Er hörte noch die schrillen Schreie, die immer stiller wurden. Niemand kam zu ihm. Ungeduldig trat er wieder an die Türe heran, hörte keinen Laut. So voll Angst war er, daß er gar nicht an das kommende Kind dachte, nur an Maria, die drinnen litt. Und er dachte an keinen einzigen Vogel, keinen Käfer, nichts war ihm wichtiger als das Leben Marias. Daß er sie jetzt vor sich sehen mußte, wie er sie das erstemal gesehen hatte: im kurzen, grell violetten Kleid, die Blumen des Vaters begießend, bei dem er als Student gewohnt hatte. Sein Fenster ging in den kleinen Ziergarten, der hinter dem Hause anstieg, wie alle Gärten in Sievering. Im Mai blühten schon die Rosen und im November kam noch manche Knospe aus dem fast entblätterten Stock. Davor stand Maria – aber es waren zwei Jahre vergangen, er war von einer großen Reise nach den Südseeinseln heimgekehrt. Maria war reizend geworden – ein schönes Mädchen in einem dunkelroten Kleid. Sie war gefirmt worden und trug ein großes goldenes Kreuz um den Hals, das an einer Goldkette hing...

Plötzlich war die Türe zum Krankenzimmer geöffnet. Der Arzt trat heraus, er wollte am Professor vorbeigehen, doch hielt ihn dieser auf. »Wie befindet sich, bitte, meine Frau?« »Gut«, sagte der Arzt kurz. »Gott sei gedankt. Kann ich zu ihr?« »Noch nicht, Herr Professor.« Der Arzt ging schnell fort. Eine Wärterin kam aus dem Zimmer, hielt ein weißes Bündel im Arm. »Kann ich hinein?«, fragte wieder der Professor. »Ja? Bitte!« »Ja!«

Süßlich roch es in dem dunklen Raum. Nur das Bett war beim Kopfende schwächlich beleuchtet. Bleich sah Marias Gesicht hervor, die Haare fielen verwirrt darüber, die Augen waren geschlossen. Unbeholfen stand er da, an ihrem Bett, streichelte die Hand, wagte es aber nicht, nach dem Kinde zu fragen. Der Blick der Wärterin verriet ihm schon, was er nicht wissen wollte. Aber sie, Maria, lebte! Die Schwester trat zur Kranken und wischte ihr den Schweiß von der Stirne.

Da sagte Maria ganz leise, mit erschöpfter Stimme: »Ist es tot? – Ja?«

Die Wärterin wandte sich ab, ohne zu antworten.

Der Professor kniete vor dem Bett und tröstete Maria, sie liebkosend.

Sie sagte wieder leise: »Meins ist so groß geworden!«

Er verstand sie nicht.

»Es kann schon viel sprechen und gehen auch. Wenn wir nach Hause kommen, mußt du es endlich sehen. Es ist ja so lieb.«

Sie sah viel jünger aus, während sie sprach: »Es hat ein blondes Lockerl eingeringelt, das fällt ihm immer übers Aug. Blaue Augen hat es...«

Er streichelte ihre Wangen. Wie heiß sie waren! Wie sie fieberte!

»Es sagt schon Mama!«

»Ja Kind, ja. Jetzt mußt du aber ruhen!«

»Bald. Es hat im weißen Zimmer geschlafen. Jeden Morgen bin ich zu ihm gegangen, dann hat es mich den ganzen Tag nicht mehr verlassen.«

»Ja, Kind! Schwester, soll man ihr nicht kalte Umschläge machen? Sie spricht aus dem Fieber. Es muß sehr hoch sein.«

»Ich habe schon Eis vorgerichtet, Herr Professor.«

»Hermann!«

»Ja!«

»Bist du mir böse?«

»Warum sollte ich dir böse sein?«

Sie setzte sich im Bett auf und fiel wieder zurück.

»Weil ich es dir nie gezeigt habe.«

»Du wirst es mir zeigen, bis wir wieder zu Hause

sind. Ja?«

»Ja, aber ich habe das Leben beleidigt, drum mußte es sterben, das wirkliche Kind. Verzeih mir, Hermann, verzeih mir!«

Die Schwester legte einen Umschlag auf die Stirne Marias. »Bitte nicht sprechen, gnädige Frau!«

»Ich habe das Leben beleidigt, Hermann, nun sehnt sich unser Kind nach mir und will mich haben.«

»Herr Professor, es ist das beste, jetzt nach Hause zu gehen.«

»Ich will noch warten, bis meine Frau eingeschlafen ist.«

Ihr Atem ging schwer. Manchmal lächelte sie, manchmal strich sie mit der Hand durch die Luft.

Wieder sprach sie leise, und er hielt sein Ohr an ihren Mund: »Zu welchem soll ich gehen? Siehst du das große? Es sitzt neben dir. Oh! Das andere hab ich ja gar nicht gesehen. Oh, sein Haar brennt, gib es fort, siehst du nicht, das blonde Löckchen ist schon in Flammen, oh –« Sie wollte sich erheben, war aber zu schwach.

»Nun ist alles wieder gut«, sagte er und löschte das Licht aus. »Jetzt schlafe.«

»Ja.«

Stille.

Plötzlich schrie sie auf. »Laß es mir! Laß es mir! Licht! Licht!«

Er drehte das Licht an.

»Du hast es mir genommen«, rief sie. »Du hast es mir genommen mit den Vögeln, mit der Eule, mit den Schlangen, du, du, du, alles, alles genommen!«

»Beruhige dich, Kind!«

Die Schwester forderte den Professor auf, das Zimmer zu verlassen, sie werde bei der Kranken wachen.

»Hermann«, hörte er es wieder leise rufen, »Hermann – nein, ich bin schuld. Aber ich mache alles gut.

Ich werde oben lieb zu ihm sein. Verzeih –«

Er weinte, hielt ihre Hand, bis sie eingeschlafen war. Dann ging er fort, nach Hause, legte sich angekleidet aufs Bett und träumte, daß ein kleines blondes Kind ihn umarme und küsse.

Er erwachte mit leichterem Gefühl. Es regnete. Er fuhr ins Krankenhaus.

Waren die Türen ihres Zimmers nicht weit geöffnet? Von ferne sah er das leere Bett. Der Wind bewegte die in den Regen ausgespannten Fensterflügel.

Ein Schaffner im Frühling

Er trennte Karte um Karte vom Block, wechselte Geld, sah kaum die Gesichter, die zu den fremden, einheimsenden Händen gehörten. Übervoll war der Wagen, sehr heiß, Frühlingssonne machte ihn hell und durchzog ihn mit jenem unerklärlichen Geruch, der an Hochzeitsgewinde erinnert, darin Orangenblüten eingebunden sind. Heiterkeit war unter den Menschen: alte Frauen lächelten junge an, Kinder betrachtete man wie blühende Obstbäumchen, Jünglinge pfiffen leise und Mädchen blickten freundlich.

Was war das nur? Hatte sie ihn nicht angelächelt, während er ihr die Fahrkarte knipste und in ihre Hand spielen ließ? War ihr Knie nicht einen Augenblick lang gegen das seine gepreßt? Lächelte sie nicht immer, wenn er sie ansah?

»Bitte, können Sie mir wechseln?«, sagte sie plötzlich mit sehr zarter freundlicher Stimme.

Er öffnete sofort die neue, hellgelbe, kalblederne Tasche, die an einem breiten Gurt hing und klingelte umständlich mit dem Hartgeld. Sie höhlte die Innenfläche einer sehr schmalen Hand und er ließ das Geld wie etwas Flüssiges langsam hineinrinnen. Dabei versah er sich, und eine Münze fiel daneben. Rasch bückte er sich, kam mit dem Kopf an ihr Knie, die Kappe fiel zu Boden, sein mattblondes, etwas starkes Haar streifte die herabhängende unbehandschuhte Hand der Dame. Er fühlte sich immer verwirrter. Nun fuhr er schon so lange, aber nie war einer der Fahrgäste mehr als ein Fahrgast gewesen. – Sie hatte so schöne blaue Augen und eine Haut, wie sie Frauen aus seinen Kreisen selten besitzen. Warum lächelte sie noch immer vor sich hin? Was bedeutete dies? Galt es ihm?

Allmählich fiel es auf, daß er sich nicht vom Wageninnern wegrührte. Auf der Plattform stauten sich die Leute, niemand hatte seit einigen Haltestellen eine Karte bekommen können. »Schaffner!«, riefen sie, aber er gab nur Karten in der Umgebung seiner Dame aus. Vielleicht wollte sie wieder etwas von ihm und er war am Ende nicht da. Und richtig! Gerade in diese Gedanken hinein, fragte sie mit dem entzückendsten Lächeln und ohne ihn anzusehen:

»Bitte, wie spät ist es jetzt eigentlich?«

Er riß die Uhr aus der oberen Westentasche, daß, wäre sie nicht an der amtlichen silbernen Kette befestigt gewesen, sie unfehlbar zu Boden gefallen wäre.

»Zwölf Uhr fünfzehn, bitte schön«, sagte er mit einer Beflissenheit und Freundlichkeit, Eigenschaften, welchen man bei Amtspersonen sonst nicht allzu oft begegnet.

»Danke!«, hauchte sie und biß die obere Zahnreihe in die Unterlippe.

Nun ist es aus, dachte er unerklärlich erregt. Nun kann sie nichts mehr fragen. – O doch, durchfuhr es ihn freudig, vielleicht, ob sie schon aussteigen soll. Wenn sie nur recht weit führe, bis zur Endstation, das wäre noch eine halbe Stunde Gemeinsamkeit! Wie sie ihm immer lieber ward! Nach jeder Haltestelle konnte er den höheren Grad seiner Zuneigung abmessen. Immer noch blieb sie sitzen.

»Schaffner, wir haben keine Karte«, hörte er es wieder von draußen rufen. Sie sollen sich doch freuen, einmal umsonst fahren zu können, dachte er, über sich und seine Nachlässigkeit erstaunt. Ich weiche doch keinen Schritt von diesen Knien. Sie waren deutlich sichtbar, nur oberhalb mit einem schmalen, grauen Röckchen bedeckt. Wie von Tuberosen roch sie. Oder duftete der Wagen überhaupt davon? Wie der Kragen eng war! Dieser heiße Uniformkragen, wie er ihn ärgerte! Überhaupt diese ganze Dienstuniform und dieses unmenschliche Amt. Ein Privatmann sah so ein schönes

Mädchen, es gefiel ihm, und wenn es ausstieg, wer hinderte ihn, nicht gleichfalls auszusteigen und so eine Möglichkeit zu haben, es näher kennen zu lernen? Mit jeder Haltestelle schien es ihm unmöglicher, sie nie mehr wiedersehen zu können. Vor allen Leuten konnte er sie doch nicht ansprechen? Dumme Gedanken gingen kraus durch seinen Kopf.

Wie? Sie stand auf! Sie wollte doch nicht schon aussteigen? Nein, sie machte einer alten Dame Platz. Ein gutes Herz mußte sie haben. Aber sie bewegte sich trotzdem dem Ausgang zu. Er folgte ihr, die lächelnden Gesichter ringsum nicht bemerkend, löste dabei widerwillig einige Karten vom Block; ein Herr reichte ihm eine größere Note, und währenddem sah der Schaffner, daß die Dame sich dem Trittbrett näherte. Schon hielt der Wagen, aber noch immer hatte er nicht genügend Geld herausgegeben. Da sah er sie aussteigen und schon sprang er ihr nach. Ein Wort wenigstens mußte er ihr sagen, sie bitten, sie wiedersehen zu dürfen...

Indessen aber wartete der Wagenführer auf das Signal, und ein junger Mensch, der das Spiel beobachtet hatte, läutete verschmitzt für den Schaffner, weiter fuhr der Wagen und die Fahrgäste sahen lächelnd und empört, wie der Schaffner eifrig auf die Dame einredete, die ihm, da er den Wagen erschrocken erreichen wollte, noch sehr freundlich die Hand hinstreckte. Der Wagen fuhr aber so schnell und war schon so weit von dem Verliebten entfernt, daß ihm nichts anderes übrig blieb, als zurückzubleiben. Mitten in der Sonne stand er, hielt die Hand vor den Augen und lächelte.

Die Stadt der Ewigen

Einem Forscher, den Trieb und Gelegenheit in die unbekanntesten und entferntesten Orte brachten, geschah es einmal, daß er sich in ein Dorf verirrte, welches sich äußerlich durch nichts von allen anderen Dörfern, die Meereswellen bespülten, unterschied. Er war müde und rastete am Strande, nicht ohne aber zu bemerken, was die Brandung an Geheimnisvollem auswarf und wieder wegschwemmte.

Es war noch zeitlich morgens. Schon traten die ersten Menschen aus ihren Häusern: Mädchen, die Wasser holten, Bäcker, die Brot über die Straße trugen, von großen, glatten Hunden wedelnd begleitet. Der Forscher achtete ihrer nicht, denn wer lange auf Reisen ist, gewinnt allmählich nur mehr Auge für das Absonderliche, und an Absonderlichem schien es hier zu mangeln. Kleine schindelgedeckte Häuser, eng aneinandergeschmiegt, zeilengerade, in einer endlos langen Straße. Dahinter, auf einem Hügel aufstehend, ein Gotteshaus, mit bräunlicher, ebenfalls schindelgedeckter Kuppel. Dunkle Bäume im Hintergrund, aus deren Kronen eben langsam die Sonne emportauchte.

Das Gewaltige kann niemals zur Gewohnheit herabsinken. Der Forscher sah wie zum erstenmal das Urhafte des Werdens in der dunkelroten Scheibe. Ein tiefer Friede erfüllte ihn, den Rastlosen, wohlig, und während langsam die Brandung in sich selbst, als Ebbe, zurücktrat, ging die Ruhe des Erhabenen in ihn über. Er gedachte der Heimat, seiner Kinderzeit und seines Dranges in die Ferne und fühlte jetzt erst vom ganzen Herzen die Sehnsucht nach dem Verlassenen.

Plötzlich empfand er sich beobachtet. Aufschauend gewahrte er eine Gruppe von Menschen, die ihm dadurch besonders auffiel, als sie bei ungewöhnlich hohem Alter über eine Jugend in Blick, Haltung und

Gebärde verfügte, die ihn staunen machte.

»Seid Ihr die Ältesten des Dorfes?«, fragte er, indem er aufstand und sich verneigte.

»Wir sind seine Bewohner. Einer ist hier dem anderen gleich. Wir haben keinen Höheren als Gott über uns.«

»Ihr regiert euch also selbst?«

»Es bedarf dessen nicht. Wir leben jeder ungehindert dahin.«

Während der Forscher aufmerksam den Worten der Alten lauschte, kamen immer mehr derselben Art aus den Häusern. Dazwischen mischten sich auch Kinder, Jünglinge und Mädchen. Sie schienen aus dem Gotteshause hinab ins Dorf zu steigen. Der Fremde erregte ihre Aufmerksamkeit, sie scharten sich um ihn. Er war nicht schüchtern, und da er ihre Sprache beherrschte, entwickelte sich zu gegenseitiger Freude Lehrreiches und Ersprießliches im Hin und Wider dieser Worte.

Er erzählte von seiner fernen Heimat, von den großen Städten mit ihren Fabriken, den Wäldern, den Bahnen, von der Entwicklung des Menschen im Bereiche seiner äußeren Fähigkeiten, von dem raschen Verbrauch seiner Kräfte und dem rasenden Tempo des Lebens. Er wußte nicht, warum ihn während des Sprechens eine große Traurigkeit überfiel, daß er plötzlich in der Rede abbrechen und aus unerklärlichen Gründen von einem der Uralten irgend einen Trost erwarten mußte.

Und er erfuhr, daß dieses kleine Dorf sonderbarerweise die Stadt der Ewigen hieß, daß die Menschen hier nur wie die Blumen starben, wenn der letzte Saft aus ihrem Körper tropfte, wenn der letzte Nerv abstarb wie ein Halm in der Natur. Keiner ging hier vor seiner Zeit, das hieß, vor seinem auszulebenden Ende. Doch es war ihnen nicht bewußt, sie lebten dankbar, friedfertig und gütig. Und so gewohnt des Lebens waren sie, daß die Hundertjährigen, deren es viele gab, noch Hoffnung im Blick hatten: Hoffnung auf eine neue Kindheit, auf neue Zeugungskraft und auf neues Werk.

»Bei uns«, sagte der Forscher, »heißt es, daß jedes Jahr, das einer über siebenzig erreicht, von Gott geschenkt ist. Aber auch sonst wütet der Tod wahllos, rafft Kind, Jüngling und Mann fort, verschont oft nicht der fruchttragenden Frau, so daß wir über uns ewig das Schicksal und dieses nie als Güte empfinden, daß unsere Religion die der Angst ist und daß uns nichts anderes bleibt, als demütig und ergeben durchs Leben zu gehen, das unbestimmt uns beherrscht und drückt. Alles spiegelt sich uns im Ende, nichts können wir tun, ohne der letzten Stunde zu gedenken, mit nichts können wir uns freuen, ohne den Druck einer schweren Hand zu fühlen, und so schleppen wir das Erdendasein hin voll ewiger Schuld und Beschwertheit.«

»Bleibe bei uns und lerne das Leben begreifen«, sagte ein Alter und trat mitleidig näher. »Wir wollen dich aufnehmen und du sollst leicht und frei werden bei uns und ohne Sorgen dahinleben.«

»Eine Zeit nehme ich gerne deinen Vorschlag an. Ich muß an einem großen Buche über meine Forschungen schreiben, die ich in zehn Jahren gemacht habe. Da täte es mir wohl, in eurer Ruhe zu leben. Wenn ihr mich beherbergen wollt, wäre ich euch sehr dankbar. Und von euch will ich am Schluß meines Buches erzählen, und alle Menschen bei uns sollen wissen, daß Gott noch manche lieb hat unter uns.«

Ein Mädchen brachte ihm einen Trunk frischer Milch. Er leerte die Schale in einem Zuge und fühlte sich erfrischt und dankbar.

***

Dieser Morgen ist von tausenden Morgen überspült worden. Längst ist der Forscher wieder von der Stadt der Ewigen fortgewandert. Das Buch war ihm glücklich gelungen. Nach vielen Irrungen kam er nach Jahren in seine kleine Heimatstadt zurück, wo er die wenigsten seiner Lieben wieder antraf. Das Mädchen, das ihn trotz der vielen Jahre mit der gleichen Treue liebte, wollte er nun heimführen. Knapp vor der Hochzeit erlag er aber einem tückischen Fieber.

Sein Buch jedoch lebte weiter, verbreitete sich immer mehr und mehr. Kinder und Erwachsene lasen es mit gleicher Freude. Es war lehrreich und doch unterhaltend, spannend, voll von Abenteuern. Das letzte Kapitel war der Stadt der Ewigen gewidmet. Er beschrieb sein Leben dort ausführlich und liebevoll, schilderte sie so warm und pries das Glück ihrer Bewohner mit so schönen Farben, daß es wenige Leser geben mochte, die nachher nicht den heftigen Wunsch verspürten, jenen Ort aufzusuchen, der langes Leben und Glückseligkeit so verbürgen konnte.

Manchem aber blieb dieser Wunsch kein Augenblick; er setzte sich fester und fester ins Herz und eines Tages schnürte dieser oder jener sein Bündel und wanderte aus, im fernen Land den Frieden erhoffend.

***

So wurde die Stadt der Ewigen langsam ein Ziel vieler Bedrückter. Ehrfurchtsvoll wurden sie dort begrüßt; man ließ sie Häuser bauen und sich unter die Eingeborenen mischen. Immer größer ward das Dorf, dehnte sich nach rechts und links, nach vorne und hinten zur Stadt. Nicht mehr so still und friedvoll war es in den Straßen. Die Fremden verlangten, was den Einheimischen unerbeten bestimmt war, sie forderten das Schicksal stündlich heraus, und, sich selbst immer wieder in jedem

Hundertjährigen betrachtend, wurden sie sich ihrer Ewigkeit bewußt, vergaßen Gottes, weil sie ihn nicht mehr fürchteten.

Nicht Furcht darf es sein, die uns mit Gott verbindet, sondern Ehrfurcht, nicht fragen dürfen wir, sondern nur still dankbar empfangen. Das Leben ward uns unfreiwillig gegeben und so müssen wir es weiter zu leben versuchen, jeder an seiner Stelle. Wer Gott über sich herrschen läßt voll Vertrauen, wird, Gottes Liebe fühlend, selber Liebe ausströmen müssen, alles ohne Ahnung und Wissen... Aber das Wissen ist das Böse. Wozu gab uns Gott denn den Traum? Er will uns lenken, uns stützen, uns halten. Wir selber sind dessen nicht fähig und so müssen wir scheitern.

Zu einer Zeit, da es schien, als ob die neue Stadt aufblühen wollte, zogen eines Tages bei blendender Sonne drohende Wolken herauf. Das ganze Firmament verfinsterte sich im Augenblicke, das Meer begann zu rauschen, zu heulen, immer größere Wellen schossen als ungeheure Zungen über das Ufer, begannen es wegzuwaschen, Stein um Stein, beleckten die Häuser, fraßen sich ein, rissen sie nieder, schwemmten sie fort, immer höher schossen sie empor, immer wilder.

Erbarmungslos wurden die Menschen mitfortgeschwemmt, höher traten die Wogen, schon faßten sie den Hügel, schon drängten sie ins Gotteshaus. Betend schwammen die Menschen mit, in dem erbarmungslosen Strom des Geschickes.

Gott sah sein Werk zerstört, so zerstörte er es ganz – denn er will nicht, daß man seinen Willen erkenne.

Die Legende vom Bösendorfersaal

Der letzte Ton des Haydnschen Kaiserquartetts war verklungen, die Luft wieder ohne Schwingung. Viele Male mußten Rosé und seine Künstler erscheinen, sich verneigen, lächeln. Sie lächelten traurig, wie die Menschen, die ihnen zujubelten. Schmerzlich fühlte jeder den Abschied von etwas sehr Geliebtem.

Die ältesten Besucher des Bösendorfersaales standen vorne im Mittelgang und sprachen über die vielen Konzerte, die sie in vierzig Wintern gehört hatten. Manche waren im Jahre 1872 dabeigewesen, als Bülow den Saal eröffnet hatte. Heute, am 2. Mai 1913, sollten sie wirklich zum letzten Male hier versammelt sein? Morgen sollte schon die Zerstörung beginnen? Ihre Phantasie reichte nicht hin, sich solches vorzustellen.

Zwei Herren lösten sich aus einer Gruppe. Musikliebhaber nennen sie die Menschen und sie treffen den richtigen Ausdruck damit. Lieb-Haber! Sie verstehen vielleicht weniger von Musik als die Kritiker, doch haben sie sie dafür um so mehr »lieb«.

»Ich habe diesen Saal wie einen Menschen gern gehabt«, sagte der weißbärtige, magere Hofrat, und seine knochigen Hände spielten mit der schwarzen Zwickerschnur, die über einer weißen Pikeeweste niederhing. »Wissen Sie, diese glatten Wände haben etwas Zauberhaftes, sehr Geheimnisvolles! Fühlen Sie nicht, daß da Schichten von Musik gelagert liegen? Musikspat! Ein neues Mineral, Herr Doktor! Was meinen Sie dazu?«

Seine Züge waren nur mehr Falten, da er lächelte.

»Musikspat! Welch reizende Idee, verehrter Herr Hofrat! Als ob in diesen Wänden die Musik von Beethoven, Wolf, Brahms, Chopin eingemauert wäre!«

»Haben Sie nicht auch, lieber Doktor, wenn Sie diese wunderbaren Namen aussprechen, eine bestimmte Rhythmusvorstellung?«

»Nein, nur Farben sehe ich dabei.«

»Farben? Merkwürdig! Für mich wieder ist jeder dieser hohen Namen ein irgendwie verkörperter Takt. Ich kann es Ihnen nicht anders erklären. Und wie ist das mit Ihren Farben?«

»Wie das mit meinen Farben ist? Für mich ist Bach dunkelblau, Beethoven gold, Schubert himmelblau, Chopin violett, Haydn rosa, Wolf frühlingsgrün, aber Mozart – Mozart ist das Spektrum: alle sieben Farben sind in seiner Musik.«

Der Hofrat lächelte. »Nette Spielerei! Wolf frühlingsgrün! Ja, das mag was für sich haben. Übrigens, glauben Sie nicht auch, daß in diesem Hause die hier verklungene Musik noch weiterlebt?«

»Wieso?«

»Es klingt ja hier! Hören Sie denn nicht, wie es in diesem Saale, auch in der Ruhe, tönt?«

Eine Dame war hinzugetreten. Über ein schwarzes, abstehendes Taftkleid fiel ein weißer, feiner Spitzenschal. An einem dünnen langen Samtband hing eine zart geschnittene, elfenbeinerne Rose.

»Ludwig«, sagte sie mit einer angenehmen Stimme, »wir sind die letzten!«

»Ich komme, Charlotte!«

Die Herren verabschiedeten sich voneinander mit Wärme. Der Hofrat schloß sich dem Ehepaar nicht an, das durch die Tür in die links liegende Garderobe einbog.

***

Hell beleuchtet war der angrenzende Verkaufssaal mit den vielen Bösendorfer-Flügeln. Der schwere Lack auf den Deckeln der Klaviere glänzte so, daß sich der venezianische Kristall-Luster darin spiegelte. Gruppen bildeten sich noch da und dort, dann verloren sie sich in dunklen Schwärmen über die Stiege, gingen durch den alten Hof, vorbei an den Fenstern der bekannten Jausenstation Jesovits. Wagen standen die ganze Herrengasse lang. Lärm erdröhnte vom Ausrufen der Wagennummern.

Unterdessen war der alte Herr allein geblieben und stand noch immer im Saal. Die schwarzen, kantigen Stühle, Lehnen und Klappen, mit rotem Rips bezogen, schienen auf einmal ernst geworden. Die Schrift auf der hellen Marmorwand über dem Podium strahlte die Namen und die Jahreszahlen der Künstler: Bülow, Brahms, Liszt, Reinecke golden aus. Plötzlich verlosch das Licht über dem schwarzen Klavier und dem kleinen, rot-bepolsterten Stuhl auf dem Podium. Hatte der Diener den alten Herrn nicht bemerkt?

Der Hofrat ließ sich auf seinen Stammsitz nieder. Glaubte er, der erste im Saale zu sein? Wartete er auf den Beginn? Wer trat heute auf? Die Stille aber war so groß, daß das Knacken seines Fauteuils wie ein Schuß erklang.

Man sagt, daß in solchen Augenblicken ein Engel durch den Raum schwebe...

Und schwebte er nicht? Klirrten nicht die milchigen, großen Glaskugeln, die die elektrischen Lampen bargen und seitlings des Saales rechts und links niederhingen? Zitterte die Luft nicht so merkwürdig rhythmisch, immer in gleichen Zeitabständen?

Der Hofrat sah plötzlich den ganzen Raum voll weißer, schwebender Gestalten, aber im nächsten Augenblick war schon alles wie immer. Nur glatte Wände! Und doch! War das nicht die Mondscheinsonate, wie auf silbernen Instrumenten gespielt? Lamond, d'Albert, sie waren die großen Meister gewesen, die sie hier so unvergleichlich wiedergegeben hatten! Jetzt Chopin! Lieblich und gewaltig, wie nur Backhaus ihn vorzutragen verstand! Ach, das reizende Alla Turca Mozarts brach da herein, die Stimme der Barbi, die unfaßlich schöne, wie sie tönte, und dann die tiefsüße der Cahier. Wolf- und Brahmslieder... Das Forellenquintett löste sie ab, Beethovens Septett reihte sich an, gespielt mit einem himmlischen Sordino.

Der Hofrat lauschte beglückt, während er unverwandt den Blick auf die weiße Wand gerichtet hielt, als ob er jeden Ton aus ihr ziehen wollte. Plötzlich sah er, wie sich feine Staubschichten von den Wänden lösten.

»Wie rührend ist doch dieser kleine Saal gewesen«, sprach er vor sich hin, »wie zart – Orchestermusik hatte man hier nie vernommen –, wohl, noch Schuberts Oktett und Beethovens Septett.«

Wieder sah er die Wände sich entblättern, Schicht um Schicht sich lösen. Was erzählten sie? Was schwirrte durch den Raum? Während es leise musizierte, fiel weißer Staub auf das dunkle Parkett.

Hatte der Hofrat das Programm der letzten Wintersaison gehört? Hat er es fassen, es behalten können? Ich weiß es nicht. Seine Augen waren nun geschlossen, sein Mund lächelte. Vielleicht schlief er. Unbeirrbar tönte und raunte es, und das feine Ohr mußte wissen, was es bedeute.

All die Jahre wurden lebendig bis zu dem Tag der Einweihung, da noch Stall-Laternen brannten im unfertigen Saale, der einst die kaiserliche Reitschule war...

Der Morgen schimmerte durch die hoch angebrachten Bogenfenster. Langsam verschwebte die Wolke des Traums von der Stirne des alten Herrn. Er fuhr sich über die Augen. Was war denn geschehen? War er über Nacht hier geblieben? Er erhob sich von seinem Stammsitz. Oh! Es war ja die Türe versperrt!

Da klirrte ein Schlüssel, die Türe ging auf. Jemand trat ein. Der alte Bösendorfer war es. Der hohe, hagere Mann hatte die starken Brauen fest zusammengezogen.

Von seinen weißen Haaren ging ein Schein aus.

Liebevoll berührte er die Stühle, nein, er streichelte sie, wie man Wangen von Kindern mit zarten Fingern liebkost. Er ging den Mittelgang durch bis zum Podium; als er sich umdrehte, gewahrte er in einer Ecke des Stehparterres den ihm wohlbekannten Hofrat.

Stumm reichte er ihm beide Hände hin. Keiner sprach, sie verstanden einander ohne Worte.

Kraft

Das Brautpaar war getraut. Immer wieder schob die Braut den Schleier zurecht; ihr Gesicht war gerötet, die Augen sahen nur Unbestimmtes. Mit schmalen Lippen im bleichen, etwas feisten, bebrillten Gesicht, reichte der Bräutigam jedem Wünschenden immer wieder seine große, weißledern behandschuhte Rechte mit steifer Finger-Gebärde entgegen. Da verstummte die Orgel. Mit jäher Besitzbewegung ergriff er den Arm seiner Frau. Fast wäre ihr ein Schrei entglitten. Von solcher Kraft bange, wagte sie nicht ihren Blick zu erheben. Seine Lippen wurden noch schmäler; sie fühlte die ihren kalt. Er drängte sie in den Wagen, der vor der Kirche gewartet hatte. »Gott sei Dank! Sein Freund fährt mit«, dachte sie. –

***

O, diese ersten Wochen! Daß Beatrix ihn lieben mußte, auf eine neue, traurige Art, auf eine beschämende Weise, die sie nicht gelten lassen wollte! Es bedrängte sie die Macht, die er über sie besaß, die Wucht seines Wesens, das Urhafte dieser Verbindung, ja, trotz oftmalig scheinender Erniedrigung hatte sie ein Staunen vor dem Naturgewaltigen einer Kraft, die ihr bis dahin nur aus Sagen bekannt war. Wie nur sich zurecht finden? Wenn Herbert im Amt war, fiel das Neue in Sehnsucht, in Traum zurück, ja, sie pflegte wieder ihre alten Mädchengewohnheiten, nahm ihre Nippes, ihre Kätzchen, ihre Hunde aus Wolle und Samt hervor und konnte dabei lächeln unterm Abstauben, sie streicheln wie damals, als sie mit Freundinnen inmitten solcher Spielereien verschwätzte Nachmittage zugebracht hatte. Bloß im Traum kam die Vergangenheit zurück, sonst gab es nur mehr diese furchtbare Wirklichkeit. Wenn die Glokke um sieben Uhr des Abends die Ankunft ihres Mannes in ihr Zimmer schrillte, tönte es in ihrem Herzen so lange fort, bis der Morgen ihn wieder von ihr getrennt hatte.

***

Er trat jäh ein. Seine Hände waren hart, auch kalt von der Winterluft draußen: »Weißledern« empfand sie sie mit einemmal, und eine Orgel in ihr begann zu rauschen. Sie wehrte sich unter dem Kuß, doch schlossen sich ihre Augen und das Entsetzliche kam wieder: dieser Kampf zwischen Abwehr und Lust, dieser Kampf zwischen dem Bewußten und dem Unbewußten, wobei meistens das Unbewußte siegte. Das Bewußte übertönt uns, wenn wir nicht allein sind! Und so gab sie sich dem Unbewußten hin, stöhnend zwar, doch lieferte sie sich der Kraft aus, die nichts war als Kraft.

***

Aber es ist nicht zu leugnen, daß Kraft allein auf die Dauer nicht genügen kann. Es melden sich wieder Träume, die nicht erfüllt werden, Sehnsüchte, die schweifen wollen, es kommen Tage, die unter dem Leben, der Nähe, leiden, die nur der Ferne gehören möchten.

Der Mann ruht in seiner Kraft. Durch offene Hingabe hätte Beatrix ihn nicht so beglücken können wie durch ihre Widerständlichkeit. »Ohnmächtig machen«, dachte er, »ja das ist das, was mich freut.« Gelenkt der zarte Körper durch seinen Willen, verstummt der Mund durch das Siegel seines Kusses.

***

Mit den ersten ruckhaften Schlägen unterm Herzen war Beatrix völlig verwandelt. Die ohnmächtige Furcht wich immer mehr zurück. Jeder Gedanke, jedes Gefühl war dem Kinde zugewandt. Herbert war ärgerlich, wenn er spürte, daß er jetzt keine Wirkung auf sie auszuüben vermochte. Doch zeigte er ihr nicht, daß er beleidigt war. Kraft will Ohnmacht und nicht Auslieferung.

***

Das Kind war da und alles anders. Beatrix erkannte mit Erstaunen, daß sie der Schwäche des Kindes ebenso preisgegeben war, wie der Kraft des Mannes. Aber im Gefühl für das hilflose Wesen erstarkten ihre eigenen Kräfte, die vorhergegangene Zeit schien nie gewesen, war nicht gefühlt, ja fast nie erlebt worden. Junge Mütterlichkeit wandelt Frauen oft wieder in Jungfrauen zurück und so erschien Beatrix Herbert neu. Die Unberührtheit, die unbeabsichtigte hohe Würde, wenn sie das Kind stillte, ihr Lächeln – alles so fern von ihm! Wie einem Knaben war ihm das Herz sehnsüchtig. Es konnte dem sonst so grobschlächtigen Menschen genügen, wenn er seiner Frau nur über den hellen, welligen Scheitel streichen durfte... Dankbar sah sie ihn an, denn die Frau will Kind und Mann mit gleicher Liebe lieben. Zum erstenmal wagte sie es, nach seiner Hand zu greifen. Da preßte er sie gleich so, daß sie aufschrie, und das kleine Licht, das sich eben in ihrem Herzen zu entzünden begann, verlosch augenblicklich.

***

Diese Stimmung konnte nicht lange fortdauern. Der Mann liebt nur den Frieden im Alter, aber der Jugend ist Bewegung alles. Weichheit war nicht seine Sache. Der »Glorienschein« um das Haupt seiner Frau begann ihm fatal zu werden, und eines Abends, als er sie wieder über die Wiege gebeugt, ihm völlig entrückt, vorfand, riß er sie an sich, während das Kind laut und andauernd in der Wiege schrie.

Ihre Abneigung beachtete er nicht; bald aber sah er, wie ihre Ohnmacht wiederkam, daß dieser sich auch der alte Widerwille zugesellte. Ihre seelische Not spürte er nicht.

***

Das sollte also ein ganzes Leben so fort gehen? Entehrt fühlte sie sich durch ihn und durch sich: Dieses »Nicht-eingestehenwollen«, dieser Kampf zwischen Dunklem und Hellem, zwischen Gebot und Natur! Alles kreist in der Jugend vorerst um die Sonne des Blutes; die Seele aber steigt in ihrem Widerschein abends als Mond auf und steht neben Sternen über den bangen Nächten...

***

Bald aber war der geringe Funken Liebe verlöscht. – Es blieb nur Wirklichkeit, Gewohnheit und Besitz zurück. Der Knabe wuchs heran, ahnungslos, noch lachte er viel, und bis ins Herz hinein traf es die Mutter immer wieder von neuem, wenn sie mit dem Kinde allein war. Ja, ein Glück war dieser kleine Knabe, doch – schon formten sich seine Hände nach den Händen des Vaters, seine Stirne nach der Stirne des Vaters, Vorboten neuer Leiden vorausschickend.

***

Nach einer furchtbaren Nacht der Erniedrigung beschloß Beatrix fortzugehen. Sie nahm das Kind und verschwand. Einen Zettel ließ sie zurück: »Ich weiß, daß ich dem durch dich verursachten Tod nur vorläufig entgehe.«

***

Er fand den Zettel. Es war etwas ohne seinen Willen geschehen; dafür mußte sie schwer bestraft werden! Es dauerte nicht lange, und er hatte sie gefunden. Er machte ihr keine Vorwürfe, aber er sprach nicht mit ihr.

***

Eines Tages brach eine Krankheit in ihm aus, die ihn schnell fällte. Sie gab sich vorerst keine Rechenschaft, welcher Art ihre Tränen waren. Wie er da lag! Die großen Hände, jetzt fein und bleich, fielen rechts und links vom Bettrand ab; die Augen waren weit geöffnet. Sie war nicht imstande, ihn zu berühren, um ihm die Augen zuzudrücken, und konnte doch den Blick nicht von ihm abwenden. Plötzlich fing sie zu schreien an, wild zu schreien, lange, lange, bis endlich jemand kam.

***

Herrlich war die Freiheit! Daß das Leben noch so schön sein konnte! Tief zurück sank sie in alte Träume; allmählich fiel der furchtbare Irrtum dieses Erlebnisses von ihr ab; aber das Kind war da, ein immerwährender und immer deutlicherer Zeuge desselben. Trotzdem schien alles gut. Sie war viel allein, sie las, sie musizierte; sie ging mit ihrem kleinen Knaben spazieren zu welcher Tagesstunde es ihr beliebte und als sie einmal beim Räumen der Laden ihre kleinen Nippes und wolligen Tiere fand, nahm sie sie lächelnd wieder heraus. Etwas älter war sie doch geworden, denn sie stellte sie zu den anderen Tieren, die ihr Sohn auf seinem Spieltisch stehen hatte.

***

Zu Allerseelen kaufte Beatrix einen Kranz in der Blumenhandlung. Sie mußte doch mit dem Kinde auf den Friedhof gehen und seinem Vater ein Geschenk bringen. War sie ihrem Mann nicht auch Dank schuldig? – Vermählung ist nicht fortzuleugnen. Dunkel sind ihre Zeichen und Siegel, und nie entrinnen wir dieser geheimnisvollen Verschmelzung. Beatrix glaubte, Herbert träte eben ein und, den Kopf ins Kissen vergraben, im dunklen Zimmer, erfuhr sie wieder seine übergewaltige Kraft.

***

Erschöpft von der geheimnisvollen Nacht, ging sie abends mit dem Knaben den Weg zu dem kleinen Landfriedhof in Sievering hinauf. Von weitem schon winkten so tröstliche Lichter in der feuchtkalten, windigen, grauen Nacht. Hand in Hand mit dem kleinen Sohn stieg sie den Hügel hinan, der zum Friedhof führt. Schwarze Gestalten gingen durch das Tor ein und aus; nun sah man die früher kleinen Lichter als große Ampeln auf den einzelnen Gräbern, sah Gestalten, marmorne oder lebende, weiße oder schwarze über Grabhügeln knien oder liegen. Überall Astern in Stöcken, in Kränzen, in Gewinden; Beatrix fand das Grab nicht sofort. Sie war lange nicht dagewesen. Einmal bei der Bestattung, doch nur geführt, dann noch einmal, als sie dem Steinmetz die Stelle, des neuen Steines wegen, zeigen mußte, und heute war es das dritte Mal. Da lag es nun, das Grab, dunkel, ungepflegt, vom Wind hergenommen. Ein unbehauener Block, ziemlich hoch, als Ersatz für den noch unfertigen Grabstein, stand schief da, nur als ein Zeichen, daß ein Mensch unten liege. »Warum ist er so schief?«, fragte das Kind und ergriff ängstlich die Hand der Mutter. »Er wird nicht gut stehen«, erwiderte sie und beugte sich über den Hügel, um den Kranz niederzulegen. Es fiel ihr ein, daß sie kein Licht gebracht hatte, und schon sagte es das Kind: »Alle haben Lichter, Mutter, warum ist bei Vater keines?« Sie schwieg, unfaßlich über die Angst, die sie plötzlich ergriff und die sie sich nicht erklären konnte. Daß sie das Licht vergessen hatte! Diese Gedankenlosigkeit schien ihr jetzt eine große Schuld; es war ihr, als ob sie die Augen schließen, die Ohren sich zuhalten müßte...

Der Wind wehte stärker, es raschelten die Kränze aus dürrem Laub von überall her, Lichter zuckten da und dort. Neugierig sah das Kind nach den Menschen, die sich in Alleen ergingen, die Gräber schmückten. Beatrix kniete noch einmal hin, mechanisch, eigentlich schon bereit fortzugehen. Sie wollte eben das Kind rufen, das sie nicht mehr sah, da kam ein ungemein heftiger Windstoß daher. Schwankte der Stein nicht? – Heftiger rüttelte ein Sturm an ihm, immer heftiger, und während sie über das Grab gebeugt den Blick hin über die Gräber gleiten ließ, bewegte sich der Stein – er war vielleicht nicht fest genug in die Erde gestemmt und fiel auf Beatrix, lautlos, aber mit solcher Wucht, daß sie unter ihm zusammenbrach. Er lag auf ihrer Brust, sie konnte sich nicht rühren, sich nicht wehren, nicht schreien, sie spürte, wie der Druck auf ihrer Brust immer stärker wurde, sie fühlte, daß dies ein seltsamer Tod wäre, aber dann begannen sich ihre Sinne zu verwirren, sie glaubte: Herbert wäre der Stein, weil eine wohlbekannte Ohnmacht sie an ihn erschreckend gemahnte.

Ein »Vagabund« erzählte mir...

Lange war ich unterwegs gewesen, nun war ich müde geworden. Es wehte so föhnig und täuschte Frühlingsluft vor; und weil ich Föhn sehr liebe, konnte ich mich schwer von diesen Luftgaukeleien trennen.

Ich setzte mich in einen verlassenen Restaurationsgarten. Unter den noch kahlen Bäumen standen Tische und Stühle zwanglos herum, eine Kellnerin ging hin und wieder, nach Gästen spähend. Auf einem Tisch lag eine vergessene Zeitung, auf dem andern stand ein einsames Glas.

Ich setzte mich zu dem einsamen Glas, holte mir die vergessene Zeitung herüber, die Kellnerin brachte mir eilends und erstaunt eine Halbe Bier und aus dem warmen Restaurant einen Stoß illustrierter Zeitungen.

Ich blätterte darin, aber meine Gedanken schweiften immer wieder ab. Diese fröhliche Welt ewig lächelnder Lieblinge, ewig schlanker Beine, interessierte mich nicht: ich dachte, wovon ich morgen leben werde. Heute ging der letzte Groschen mit dem Glas Bier fort. Ich fühlte schon feuchte Kälte, denn der Himmel war grau geworden.

Ich will doch noch ein wenig im Freien sitzen bleiben, dachte ich mir, blätterte neuerlich und spürte plötzlich eine angenehme Wärme an meinem rechten Knie, etwas sich daran schmiegen. Ich schaue hinunter: ein junges Hündchen sitzt auf der Erde, reibt seinen komisch ernsten Kopf an meinem Rock, hebt den braunen Blick aufwärts zu mir, so eigentümlich verständig. Ich streichle flüchtig den zottigen Kopf, er beugt sich willig unter meiner Hand, doch da läuft das Wollknäuel schon fort, dreht sich zweimal um, ich sehe es dann im alten Laub scharren und wühlen...

Ein Gedicht in einer Zeitschrift fesselt mich, ich lese es immer wieder, vielleicht auch, weil es so sehr meine augenblickliche trübselige Stimmung ausdrückt. Aber da ist schon wieder der junge Hund da, reibt sich an, umschmeichelt meine zerrissenen Stoff-Knie; er hat etwas so freundschaftliches, daß man mit ihm sprechen könnte. So liebe braune Augen hat er. Man muß über ihn lachen. Er reibt und reibt, ich lasse meine Zeitungen im Stich, um mich mit ihm abzugeben. Da reißt er weit das Maul auf, und ich erschrecke, wie ich ihm unwillkürlich hineinschaue. Ein violetter Gaumen gähnt mich an. Um Gottes willen, denke ich, das Tier ist ja krank, oder vergiftet, ich kann nicht genau erkennen, was dem armen Hund eigentlich fehlt, er würgt und würgt immer mehr, ich fürchte fast eine unangenehme Bescherung, um so mehr, als er mir immer näherrückt. Ich versuche ihn fortzubringen, aber umsonst, sein Kopf schmiegt sich weiter warm an mich. Er läßt sich nicht abschrecken, reibt und reibt, würgt und würgt, und da ist auch die Zunge schon violett, wird immer länger und spitzer und fällt plötzlich heraus und mir gerade in den Schoß. Ich bin ganz allein mit dem Tier, das doch ganz gesund zu sein scheint, denn es hatte wieder seine Zunge, rot, und an derselben Stelle, wohin sie gehört. Aber mir liegt etwas Violettes im Schoß, ein verräterisches Violett, ein oft ersehntes Violett! Naß und zerklumpt liegt es da, und ich begreife langsam. Eine unbegreifliche Wirklichkeit! Ich nehme wie mit Handschuhen das Violette auf und habe, o unfaßliche Seligkeit! – eine vielfach gefaltete Zehnschillingnote in der Hand, die, als ich sie öffne, noch eine Fünfschillingnote in sich birgt. Mein Freund hat die Pfoten auf meine Knie gelegt und sieht mich an und fragt: Nun, hab ichs gut gemacht? Fünfzehn Schilling sind es, siehst du es? Bist du mit mir zufrieden, ja? hab ichs gut gemacht? Er wedelt mit seinem unvollendeten Schweif, läuft davon und holt sich etwas Neues aus dem Gebüsch. Schon kommt er wieder, diesmal mit einem Stein, ich streichle ihn und er umwedelt mich tollpatschig und ahnungslos. Da stehe ich auf und gehe und er begleitet mich noch bis zum Ausgang, immer wieder auf mich hinaufspringend im Laufen.

Da muß ich ihm laut danken, daß es die Leute auf der Gasse kopfschüttelnd hören, er wedelt und wedelt, dann dreht er sich um und trottet plump und das wollige Hinterteil wiegend zu seinem Spielplatz zurück.

Ich konnte mir noch ein Nachtmahl vergönnen, den Rest Papiergeld legte ich in den rechten Schuh, es geht sich so gut auf dem weichen Papier, und das Silbergeld ließ ich in der Tasche klimpern.

Der tote Sänger

Die Kirche war voll von Freunden und Menschen, die ihn geliebt hatten. Es fanden aber nicht alle in dem kleinen Gotteshause Platz. In Massen standen sie vor dem Kirchenportal und dann die Straße hinunter, um die Ecke herum, am großen Platz, beim Dom und dann weiter die Straße, die zur Brücke führt und so weit noch, als man einem geliebten Toten das Geleite auf Erden geben kann.

Der silberne Sarg mit den vielen Kränzen und Schleifen und den liebevoll geordneten Spitzen ruhte auf dem Katafalk mitten im Kirchenraum und am Kopfende des Sarges stand der Priester und sprach warme, gefühlvolle Worte; doch widerhallten sie fast ungehört. Die Menschen sahen nur alle immer auf den Sarg, der den Körper des geliebten Sängers und Freundes barg und keiner unter den Anwesenden begriff, daß dieses Leben zu Ende gegangen sein sollte...

Und der Priester sprach fort und es war merkwürdig, den strengen Mann das preisen zu hören, wofür sein Glaube sonst ein Achselzucken hat. Aber er verharrte nicht lange beim Lobe des Künstlers, der nun für immer die Augen geschlossen hatte.

Doch während des Priesters Rede, die etwas eintönig und einschläfernd wirkte, drang das Lied plötzlich durch die Ritzen des Sarges, obwohl die Spitzen es nicht durchlassen wollten, über die Blumen und Schleifen hinweg in den hohen Raum und es war so heiter wie immer, als der Sänger es von der Bühne herab gesungen hatte. Und es breitete sich im Kirchenraum aus, drängte sich in das Herz des Priesters, daß er lächeln mußte, mitten in der Trauerrede, und es wanderte von Herz zu Herz eines jeden. Und die Gesichter noch dunkel von Trauer, oder wie immer bei solchen Anlässen vor der Überlegenheit des Todes und der

Vergänglichkeit des Lebens, wurden licht und heiter.

Der Tote hatte das Dunkle nicht geliebt.

Und so kam es, daß der Prediger die letzten Worte an den Toten lächelnd sprach, während er das Kruzifix über den Sarg blitzen ließ und alle Trauergäste lächelten und im Rhythmus des Liedes schritten sie hinter dem Sarg aus der Kirche. Jeder glaubte, nur ihm allein wäre das Lied des Toten dem Grunde seines Herzens entstiegen, denn keiner sah den Andern an, um sein Geheimnis nicht preis zu geben. Aber hätten sie sich umgesehen, hätten sie bemerkt, wie strahlend sie alle aus der Kirche traten, als schritten sie hinter einem schönen Brautpaar her. Und die Menschen, die auf der Straße standen, wunderten sich über die heiteren Gesichter, doch als sie des silbernen Sarges ansichtig wurden, wirkte das Lied durch die Kraft seiner Unvergänglichkeit auf die Einfachsten unter ihnen und die Männer lächelten, während sie den Hut abnahmen, um die Leiche zu grüßen. Und die Frauen hoben ihre Kinder hoch und zeigten ihnen den Sarg. Und plötzlich gingen die Pferde, die die Blumenwagen zogen, und die Pferde, die vor dem Glasgalawagen mit den vier kleinen trauernden Engeln gespannt waren, im Rhythmus des Liedes, und die Trauerwagen hinterher und der Zug der Menschen war nur mehr eine Welle der gleichen Melodie. Weiter zogen sie durch die Straßen, Heiterkeit sprang wie ein Funke von Mensch zu Mensch. Als sie die Donaubrücke überquerten, spiegelte sich der ganze Zug in den sich fröhlich überschlagenden grünblauen Wellen.

Die Rache einer Schulkameradin

Der liebste Mensch in Marias Leben war ihr Lehrer Ludwig Straßky. Das einsame Kind, das bei Zieheltern aufwuchs, fühlte sich zu dem gütigen Manne innig hingezogen und verstanden. Es war auch so wunderbar für das Mädchen, ihn anzuschauen, seine blauen Augen zu beobachten und zu warten, bis er ihren Blick erwiderte. Schon kannte sie jede seiner Bewegungen: wie er sich an die Stirne griff, daß man den gekreppten Nagel am Mittelfinger deutlich sehen konnte – immer schmerzte sie dies im mitleidigen Nachgefühl! –, oder wenn er mit einem kleinen, braunen Kamm seinen runden grauen Vollbart auskämmte, während er dabei das Kinn etwas hinaufschob und mit einer raschen Wendung der Hand die wenigen Haare des Hinterkopfes glättete! Auch die Art, wie er sich setzte, war so eigentümlich: dieses Übereinanderlegen der Beine, wobei die Hose in einer fast rhythmisch raschen Bewegung hinaufgezogen wurde. Da sah Maria oft die weißen handgestrickten dicken Socken, die leider faltig herunterhingen, was der Klasse manchmal Anlaß zu heimlichem Lachen gab. Wie gerne hätte sie ihm einmal den Grund gesagt, weil sie selbst immer errötete, wenn sie diesen Mangel an seiner Kleidung bemerkte! Wie aber durfte sie das, und wie hätte sie es auch wagen sollen?

Am glücklichsten war sie, wenn der Lehrer vom Katheder herunterstieg, durch die Bankreihen ging, bei ihrem Platz stehen blieb und dann flüchtig seine schöne, ringgeschmückte Hand – mit dem Edelstein – was es für ein Stein war, konnte sie nie erkennen – auf ihren Scheitel legte. Auch später hatte Maria dieses Gefühl von fast unerträglicher Freude nicht vergessen.

Jede Deutschstunde war eine beglückende Aufregung. Wurde ein Stück »durchgenommen«, mußte es vorgelesen und erklärt werden. Meistens lasen mehrere

Kinder daran, jedes einen Absatz; das war oft ganz schrecklich, wenn Mädchen von zehn, zwölf oder sogar vierzehn Jahren kaum richtig buchstabieren konnten. Maria spürte dabei eine böse Ungeduld, ja, es war geradezu eine Qual zuzuhören, wie herumgestottert wurde. Und so zeigte sie auf und reckte die Hand weit über die Bank hinaus, daß der Lehrer sie nur ja bemerken und ihr endlich erlauben möge, zu lesen. Ach, sie wußte es ja so gut, wie es gesprochen gehörte, Vorsprechen war eine reine Lust und wog alle Armut auf, in der sie lebte, alle äußeren Entbehrungen, die sie, die Elternlose, erleiden mußte.

War sie zu Hause allein, stellte sie sich zuerst vor den kleinen Spiegel hin, sah sich lange mißbilligend an, denn sie gefiel sich nicht, weil sie dunkel war und die Züge nicht regelmäßig wirkten. Nur ihre Augen mochte sie; große, scharfblaue Augen, die eine so zwingende Kraft hatten, daß sie oft sie selbst verwirrten. Sie freute sich auch an ihren Händen, die edel länglich waren, mit wunderbaren Fingerspitzen und Nägeln, welche das ärmliche Aussehen des Kindes verringerten. Dann las sie vor dem Spiegel aus einem alten Gedichtbuch, erst mit leiser, dann mit lauter und immer lauterer Stimme. Sie verneigte sich, wenn ein Gedicht zu Ende war, beobachtete sich dabei streng im Spiegel, begann ein neues, begeisterte sich immer mehr an der eigenen Stimme, deren außergewöhnlich wohllautenden Alt sie noch in den Nachschwingungen genoß.

In der Schule, wenn der Lehrer endlich ihr heftiges Melden bemerkt hatte und in seinem milden Ton sagte: »Nun, Maria, du willst uns wohl zeigen, wie man dieses Stück eigentlich liest?«, ja, dann ging etwas Merkwürdiges in ihrem Herzen vor: es war wie ein Zusammenströmen von unzähligen Freuden, die man nicht mehr auseinanderhalten konnte und die ein Glück ergaben, das sie als ein »überseliges« empfand. Und dann geschah noch etwas Sonderbares, wenn sie las: die schlimmen Kinder in der Klasse, die sonst über alles lachten oder, wenn sie schon nicht schwätzten und kicherten, sich zumindest mit irgend etwas Geräuschvollem unter der Bank beschäftigten, mit den Füßen scharrten oder »hinaus« verlangten, wurden ganz still, und sogar der Lehrer hatte einen nachdenklichen Ausdruck – Maria sah es flüchtig, als sie es wagte, einen Augenblick vom Buch aufzuschauen. Das übertraf wohl alle Freuden! Ach, die Welt war schön, wenn man vortragen konnte: Niemand begriff das, aber noch schöner war es, wenn man spielen durfte, richtig Theater spielen –; einmal hatte sie es bereits getan –: herrlich war es, auf einer Bühne zu stehen und hinauszusprechen in die Welt des Zuschauerraumes, hinauszulachen und hinauszuweinen und doch keinen Menschen dabei sehen, sondern nur die Weite der Luft spüren, die ihr von unten entgegenwehte und den Lärm der klatschenden Hände hören, die gar keine menschlichen Hände waren, sondern nur laute, jubelnde »ja« zu dem, was sie eben getan und geträumt hatte...

Ein Mädchen in der Klasse, die Brigitte, saß immer böse da, wenn Maria las. Ab und zu schaute sie auf den Lehrer, und man sah ihr an, wie sie sich ärgerte, wenn sie sein zustimmendes Lächeln beobachtete. So lesen konnte sie doch auch, und sie meldete sich, als Maria aufgehört hatte.

Der Gütige ließ nun Brigitte fortfahren, aber gleich wurden die Kinder unruhig, und das Gesicht des Lehrers bekam einen zerstreuten Ausdruck. Brigitte begann zu weinen, und unbeherrscht stieß sie hervor: »Immer die Maria, als ob die was Besseres wäre als wir!«

»Was das Lesen anbetrifft, liebe Brigitte, ist sie etwas Besseres«, erwiderte Lehrer Straßky ruhig. »Das mußt du doch selbst spüren! Es ist eine Gabe Gottes, die sie mitbekommen hat, für die sie aber vorläufig noch gar nichts kann. Was sie daraus machen wird, das ist *ihre* Sache. Du aber darfst nicht eifersüchtig sein, sondern mußt trachten, auf einem anderen Gebiet etwas Besonderes zu leisten. Verstehst du? Du zeichnest doch so schön! Versuche es damit ernstlicher. Die Gaben sind eben verschieden verteilt.«

Brigitte weinte immer heftiger, weil sie sich jetzt schämte, aber Maria war glücklich, denn ihr Urteil war ausgesprochen: Sie war also auserwählt, etwas zu leisten!? Es war keine Einbildung, kein Traum? Wahrheit war es!? – Der Lehrer hatte gerade seine Hand auf ihrem Haar, wie tröstend, während er sagte: »Sei nie hochmütig auf deine Gottesgabe, Maria, und auch nicht eifersüchtig. Hüte sie nur rein, vielleicht ist dir einmal etwas Großes bestimmt!« Da läutete es. Die Stunde war zu Ende; die Mädchen packten ihre Sachen zusammen, und der Lehrer griff nach seinem dunkelbraunen Überrock mit den großen gelben Hornknöpfen. Weit vornübergeneigt, wie wenn er eine Butte aufladen wollte, zog er den Mantel an – Maria probte zu Hause oft diese seine Haltung vor dem Spiegel, um den Lehrer auch in ihrem Zimmer gegenwärtig zu haben, wenn keine Schule war, sonntags oder in den Ferien. Sie beobachtete ihn, wie er sich eilig benahm; ob er auch schon hungrig war? – Noch einmal sah sie seine Hand über der Türschnalle liegen, sein Ring strahlte dann so schön.

***

Am nächsten Tag unterrichtete der Direktor, weil Lehrer Straßky erkrankt war. Maria wurde darüber traurig, und die Schule freute sie nicht, denn der Herr Direktor hatte eine harte, laute Stimme, war teilnahmslos und häßlich dick. Die Stunden vergingen langsam und langweilig. Als nach einer Woche Lehrer Straßky immer noch nicht zurückgekommen war, übernahm eine junge, blonde Lehrerin den Unterricht.

Jeden Tag dachte Maria an die letzten Worte, die Lehrer Straßky ihr gesagt hatte: »Vielleicht ist dir einmal etwas Großes bestimmt.« Ja, sie wußte es, daß er recht hatte, und es machte sie glücklich, zu denken, daß er einmal auf sie stolz sein würde. Nun übte sie heimlich ein Gedicht für ihn ein: *Die Legende vom Hufeisen* von Goethe, die sie im Lesebuch eines anderen Mädchens, das schon eine höhere Klasse besuchte, entdeckt hatte. War nicht der Lehrer wie Christus? Hatte er nicht so gütig zu Brigitte gesprochen, wie Christus zu Petrus? Die dumme Brigitte! Als ob sie, Maria, etwas dafür konnte, daß sie – wie hatte der Lehrer gesagt? – »eine Gottesgabe mitbekommen habe?« Eine Gottesgabe! Es durchschauerte sie, als sie das Wort laut vor sich hinsprach. War sie da nicht eigentlich mit dem Himmel verbunden? Ach, sie freute sich so, dem Lehrer das Gedicht bald vorsprechen zu dürfen! Jetzt mußte er doch ehestens in die Schule zurückkehren, er war gerade lang genug fort gewesen!

***

Auch wenn Maria bei der neuen Lehrerin keine Gelegenheit hatte sich hervorzutun, spürte das Kind doch noch immer etwas Böses von Brigitte auf sie ausgehen. Eigentlich hatte Maria Angst vor ihr, wollte es sich aber nicht recht eingestehen.

Eines Tages, es ging schon auf die vierte Woche, daß der Lehrer krank war, fragte Brigitte sehr freundlich, ob nicht Maria nachmittags ein wenig mit ihr spazieren gehen wolle. Sie brachte das in einem so lieben Ton hervor, daß Maria, die sich einsam fühlte, erfreut zustimmte. Es war auch so angenehm, wenn Feindschaft plötzlich wegwich, wie eine Wolke vor dem

Mond. Darum sagte sie zu.

Nachmittags trafen die Kinder einander und gingen spazieren, als ob sie immer Freundinnen gewesen wären. Sie sprachen von der Schule, von der neuen Lehrerin, und da vergaß sich Maria und erzählte von ihrer Liebe zu Lehrer Straßky. Sie bemerkte ein seltsames Lächeln an Brigitte. Maria erschrak, wußte sich aber nichts zu deuten: weder Brigittens Lächeln noch ihre eigene Angst.

»Ich verstehe schon, daß du ihn gerne hast, du hast ja bei ihm immer etwas besonderes gegolten. Wir anderen waren ja nichts gegen dich!«

»Daß ich ein bißchen besser gelesen habe, kannst du das noch immer nicht vergessen?«

»Nein«, erwiderte Brigitte hart und sah wieder so feindselig aus wie früher. »Übrigens komm, ich will dir was zeigen!« Geheimnisvoll zog sie Maria zur Kirche hin.

»Was willst du mir denn hier zeigen?« Die Frage klang ängstlich.

»Hast du schon einmal einen Toten gesehen?«, fragte Brigitte eindringlich, lauernd.

»Nie.«

»Oh, ich schon viele«, prahlte Brigitte, »als ich noch ein kleines Kind war, hab ich sie mir angeschaut. Komm, gehen wir hier hinein. Wenn du dich erschreckst, kannst du ja gleich wieder hinausgehen.«

»Ich will nicht, ich will nicht«, rief Maria und hielt die Augen geschlossen.

»Also feig bist du, pfui«, sagte Brigitte verächtlich und wendete sich ab.

Doch Maria war stolz und wollte nicht für feig gelten. Sie hörte ihr Herz ganz entsetzlich laut schlagen und war versucht, die Hand darauf zu legen, so beklemmte sie die Furcht, aber sie besann sich und sagte, während sie tat, als mache es ihr gar nichts: »Gut, ich gehe mit dir.«

Da lachte Brigitte wieder so eigentümlich und zog Maria bis zu der kleinen Tür an der Rückwand der Kirche. Davor lag der ansteigende Friedhof im Lichte der goldgesäumten Holzkreuze und der daneben blühenden Goldrautengesträuche. In jedem kleinen steinernen Weihwasserbehälter spiegelte sich ein anderes Stück Himmel mit anderen Wolken.

Plötzlich war Maria in der Totenkammer. Mitten im schwarz ausgeschlagenen Raum stand auf einem Katafalk ein silberner Sarg. Hohe flackernde Kerzen bewachten ihn. Weihrauchduft legte sich aufs Herz in schwerer Feierlichkeit. Zwei Kränze aus Küchengartenblumen mit Tannenzweigen untermischt, lagen auf der untersten Stufe. Die schwarzen Schleifen mit der Goldinschrift waren liebevoll ausgebreitet: »Letzte Grüße von Deiner Christine«; »Letzte Grüße von Deinen Kindern Ludwig, Wilhelm, Josefine, Maria«. Noch wagte Maria das Gesicht des Toten nicht anzusehen, nur einen schwarzen Anzug nahm sie wahr und gelbe Hände, die ein Gebetbuch hielten.

»Schau, den Ring hat er noch am Finger«, hörte sie Brigitte sagen, die nun Maria nahe zum Sarg zog. Und da sah sie endlich, wer darin lag, und schrie schrecklich laut: »Jesus Maria, der Herr Lehrer«, und schrie es noch einmal und sah verzweifelt von dem unerwarteten Unglücksbild fort auf die kleine Parte an der Wand. Mechanisch las sie: »Ludwig Straßky«, stand da, in großen schwarzen Lettern; darüber war ein Kreuz gezeichnet, das an einer Trauerweide lehnte, wovor ein Engel weinte. »Bitte um das Gebet für Ludwig Straßky, Bürgerschullehrer, gestorben am 16. Mai 1900.« Und darunter stand: »Glücklich ist, der seine Hoffnung auf den Namen des Herrn setzt und sich nicht umsieht nach Eitelkeiten, nach Lüge und Torheit.«

Und eine Zeile weiter: »Ich hörte eine Stimme vom

Himmel, welche zu mir sprach: selig sind die Toten, die im Herrn sterben. Ich bin die Auferstehung und das Leben, wer an mich glaubt, wird leben, auch wenn er gestorben ist. Mein Jesus, Barmherzigkeit!«

Immer wieder las Maria diese ihr noch nicht ganz verständlichen Worte; vor allem aber prägte sich ihr ein: »Bitte um das Gebet für Ludwig Straßky.«

Welches Gebet sollte sie für ihn sprechen? Was könnte dem geliebten Toten die größte Freude machen? Unter Tränen dachte sie nach. Auf einmal wußte sie es, wußte es ganz genau.

»Ja, ich glaube an Sie, Herr Lehrer, und werde immer glauben«, weinte das Kind, »und werde leben, auch wenn ich gestorben sein sollte.« Maria wußte gar nicht, daß sie den Sinn dieser Worte verdrehte, ebensowenig, daß sie später viel für ihr Leben bedeuten sollten. Aber jetzt mußte sie doch ein Gebet sprechen. Da kam ihr ein Gedanke, ein freudiger. Hatte der Herr Lehrer nicht gesagt, daß sie eine Gottesgabe bekommen habe? Mußte sie ihm da nicht noch von ihrer Gottesgabe spenden? »Ich will Ihnen das Gedicht aufsagen, Herr Lehrer, Ihnen ganz allein, bitte«, sprach sie unter Tränen. »Ich lerne schon so lange daran und habe immer nur an Sie dabei gedacht, Herr Lehrer.« Sie schluchzte immer stärker. »Ich muß es Ihnen sagen, denn jetzt habe ich keine Angst mehr vor Ihnen, wirklich nicht ein bißchen Angst«, dabei zitterte das Kind so stark, daß die kleinen Knöpfe des blauen Kattunkleides sich bewegten, aber dann sich noch einen Ruck gebend, kniete Maria plötzlich hin auf die Stufe des Katafalks und sagte nochmals feierlich: »Es ist mein Gebet, mein Dank an Dich, an Sie, weil Sie immer so gut zu mir gewesen sind.« Laut schluchzte sie. Dann stand sie auf, stand so wie in der Schule, wenn sie ein Gedicht »aufsagte«: die Füße gerade nebeneinander gestellt, die Arme eng an den Körper gelegt, mit gespreizten Fingern – und begann:

Die Legende vom Hufeisen von Johann Wolfgang von Goethe.

Als noch verkannt und sehr gering
Unser Herr auf Erden ging,
Und viele Jünger sich bei ihm fanden,
Die sehr selten sein Wort verstanden...

Immer freier sprach sie, immer hingegebener. Nie mehr, auch nicht, als sie längst die berühmte Schauspielerin geworden war, hatte sie so gesprochen; alle Inbrunst ihres jungen Gefühls war in ihren Worten, für den geliebten Toten und für die geliebte Kunst.

War es nicht, als ob er ihr zunickte? War es nicht, als ob er sich freute, daß sie so viel gelernt hatte? War es nicht, als ob er sich aufrichten wollte, um sie zu streicheln? Die Kerzen flackerten so stark, warfen Schatten auf das liebe, kleine gelbe Gesicht; der Weihrauch legte sich schwer auf die Schultern, aber sie sprach weiter und bemerkte nicht, daß die Türe aufging und Sonne einströmte. Sie merkte auch nicht, daß Brigitte hereinkam, eine Weile zuhörte, sich, als Maria geendigt, auf die Stufe hinkniete; als sie den Arm des bösen Mädchens, das ihr diesen Schmerz angetan, plötzlich um ihre Schulter gelegt fühlte, war es ihr selber kaum bewußt, daß sie das tränennasse Gesicht der reuigen Sünderin küßte.

Die Beseelung der Gegenstände

Erich Werner war ein kleiner Beamter, das bedeutete: ein Mensch zu sein, für den es belanglos ist, ob man in der Zeit von acht Uhr morgens bis sechs Uhr abends lebt. Er machte seine geräuschlose Arbeit jeden Tag mit demselben Gleichmut, ohne Fehler und ohne Bitterkeit. Die Tätigkeit hatte in ihrer maschinellen Einförmigkeit sogar etwas Rhythmisches, und als ein Musiker, der er war, konnte er alles musikalisch gestalten.

Er schrieb zum Beispiel im Dreivierteltakt die Rechnungen. Dies scheint schwer verständlich, aber vielleicht begreift man es, wenn ich es soweit erkläre, daß er beim ersten Takt die Feder immer sehr stark ansetzte, während Takt zwei und Takt drei im Haarstrich gehalten waren. Die Bewegungen, die er in dem kleinen Zimmer machte, führte er im Tanzschritt aus. Er hatte sich ausgedacht: von dem Büchergestell mit den schweren Hauptbüchern bis zu dem kleinen Waschtisch, dessen Wasserhahn immer tropfte, kann man doch nur im Sarabandenschritt, während man vom Waschtisch bis zum Schreibtisch mit dem hohen Aufsatz unmöglich anders als im Allemandenschritt gehen konnte. Die Bretter des Parkettbodens wurden in freien Augenblicken immer nach der Polonaise von Vieuxtemps abgeschritten. Hornsignale ertönten, und wenn das Telephon manchmal hineinläutete, war es gerade recht. Der grüne Glasschirm der elektrischen Lampe hatte, wenn man den Bleistift am untersten Rande hielt und schwer darauffallen ließ, einen wunderschönen, klaren Glockenton. Die drei Lampenschirme des Zimmers unterschieden sich in ganz reinen Terzen voneinander. Ihm war alles Rhythmus, selbst seine Hände und Füße bewegten sich immer nach besonderen Melodien.

Seine Kollegen wußten, daß er »privat« Geiger in einem Orchester war. Oft und oft hatten sie ihn gebeten, zu spielen, wenn die Vorstände die Mittagszeit einhielten. Aber er hatte stets abgelehnt. Eine unüberwindliche Scheu, die Geige ins Büro zu bringen, hielt ihn davor zurück. Einmal aber, als sich ein alter Kollege nach vierzig Dienstjahren verabschieden wollte, baten die Beamten, daß Werner, der Feier wegen, ausnahmsweise spielen möge, was er nicht mehr verweigern konnte.

Dem Kollegen Steinherz zu Ehren waren sie alle in Erich Werners Zimmer gekommen, das das abgelegenste des Hauses war. Nach Überreichung eines pompösen Teeservices, brauner Zigarrenschachteln und eines Marinebildes mit »vom Sturm gepeitschten Wellen«, das Steinherz sich gewünscht hatte, hielt der Vorstand eine lange, feierliche Rede. Er war ein dicklicher Herr mit einem merkwürdig eckigen Kopf, glanzlosen, kleinen Augen, undurchdringlichen Gesichtszügen; zwischen zwei Zahnstummeln lag stets schief eine lange Zigarre. Er schloß mit erhobener Stimme und mit den »Worten des Dichters«, wie er sagte:

Freu dich des Lebens, verehrter Kollege,
Weil noch das Lämpchen glüht,
Pflücke die Rose, eh sie verblüht!

Nach diesem kühnen Schluß trat er einen Schritt vor, reichte dem »jubilierenden Beamten« die Hand und freute sich an dem beifälligen Händeklatschen der Untergebenen, deren lächelnde Blicke einander längst gekreuzt hatten.

Nun sollte Werner spielen.

Er stimmte die Saiten, strich ein wenig Kolophonium auf den Bogen, legte ein schwarzes Tuch unter das Kinn, alles Dinge, die größte Aufmerksamkeit herausfordern mußten. Die Kollegen hatten sonst für Kunst ein Lächeln, ein festliches und doch auch überlegenes, wie man über die Reden eines Kindes lächelt.

Werner setzte an. Es war schwer, etwas ohne Begleitung vorzutragen, so hatte er die Chaconne von Bach gewählt. Diese Wahl war vielleicht für Unmusikalische nicht sehr glücklich, sie mußten sich dabei langweilen, wenn man von dem unheimlichen Spiel der Finger absah, das für viele interessanter war als das Stück selbst.

Aber Werner war es ganz gleichgültig, was dieser oder jener empfinden mochte, denn er spielte. Und da geschah etwas. Was es war, war nicht zu ergründen. Vielleicht haben diejenigen, die es bemerkten, gleich abgelehnt, daran zu glauben, vielleicht hat mancher ein Fiebergefühl, ein Schwindelgefühl, eine Schwäche, vielleicht das ungewohnte Weintrinken vorher als Ursache erkannt und darüber geschwiegen. Aber es mußten wohl alle das gleiche gesehen haben, wenn sie auch nachher nicht darüber gesprochen hatten, um nicht allzu kindisch voreinander zu erscheinen.

Es ereignete sich nämlich folgendes: Schon bei den ersten Bogenstrichen war es, als ob die Mauer nicht ganz feststünde, bald begann der Schreibtisch sich zu bewegen, der Kalender mit der Goldeinfassung, die dicken Journale, das Trinkglas. Die Schwersteine, die auf einem Stoß Rechnungen lagen, lösten sich und schwebten langsam in die Höhe auf. Das Licht entzündete sich von selbst und verlöschte wieder, das Bild Hieronymus Holzschuhers von Dürer, das Werner sich von zu Hause mitgebracht hatte und das sonst nicht sehr freundlich dreinsah, lächelte, die Kakteen am Fenster bewegten sich schwerfällig gegen die Schreibmaschine hin, die als einzige unbeweglich blieb.

Werner spielte weiter. Die anderen hatten nicht bemerkt, daß er das Stück wiederholte. Sie waren mit ihm in Bann. Bald war kein Gegenstand mehr im Zimmer, der sich nicht durch die Lüfte schwang vor

Seligkeit.

Mit dem letzten Bogenstrich trat eine ungeheure Verwirrung ein. Jedes Ding mußte ja wieder an seinen Platz zurück! Ein einziger Schwerstein konnte ihn nicht finden; er kollerte zu Boden, daß alle erschraken.

Sterben

Die Geschwister waren sehr alt. Sie sprachen nie über den Tod, obgleich sie schon zwanzig Jahre über die siebzig dahin lebten. Das Leben schien ihnen ewig. Die Schwester war taub, der Bruder blind. Eines Tages legte er sich hin. Er hatte keine Schmerzen. Er war nur sehr müde. Die taube Schwester war stets um ihn. In ihrem Blick war Gier. Sie wollte vom Tode wissen, wollte wissen, was er empfand, wollte jeden Schlag seines Herzens wissen.

Er lächelte den ganzen Tag. Sein Gesicht war in die Zeit zurückgerückt. In den drei Tagen, die er lag, hatte er nur einmal zur Schwester gesprochen. Seine Stimme war sehr laut, wie nie sonst vorher. Da sie ihn nicht hörte, zeigte er auf seine Augen mit solcher Gebärde, daß sie annehmen mußte, daß er das Licht wiedergefunden hatte. –

Die Taube verlor die Angst vor dem Tode, von der sie niemals gesprochen hatte. Nun sehnte sie sich nach ihm, wenn er so schön war, und einem die verlorenen Gaben wiedergeben konnte.

Nachdem der Bruder begraben worden war, legte sie sich freiwillig hin, um zu sterben. Sie zwang ihre Züge in ein Lächeln, aber sie sah keine Bilder, hörte keine Stimmen.

Eine furchtbare Einsamkeit war um sie. Nichts hielt sie mehr am Leben, aber sie mußte dennoch aufstehen und Tagwerk tun. Es war ihre Stunde noch nicht gekommen.

In ewiger Stille ging die Zeit. Als sie eines Morgens erwachte, sangen Vögel tausendstimmig durcheinander. Draußen fiel Schnee. Sie öffnete das Fenster. Die weißen Bäume hatten grüne Blätter und rote, riesengroße Blüten. Die kalte Luft, die sie als Frühlingsluft empfand, erhitzte sie. Immer lauter sangen die Vögel. –

Sie legte sich zum offenen Fenster. Der Schnee fiel, vom Winde getrieben, ins Zimmer, auf sie. Allmählich hatte er sie ganz bedeckt. Er ward immer dichter und kein Atem bewegte ihn mehr. –

Der Schatten

Doktor Theodor Mann bemühte sich schon seit Jahren um die schöne Studentin der Medizin Irma Thaler. Wohl: sie lächelte ihn gütig an, oft sogar umsorgend, aber wie konnte ihn Sorgfalt, Freundschaft, Mütterlichkeit beglücken, da er sie leidenschaftlich liebte?

Er erwartete sie vor der Universität, ging die Rampe ungeduldig auf und nieder; sein weiter Mantel flog im Wind hoch und ließ dünne Beine ahnen, um die die Hosen schlotterten. An einem schmalen schwarzen Riemen trug er einen Trieder. Er wollte mit Irma in die Oper gehen, nur ein Grund, um sie neben sich haben zu können. Irma sang sehr hübsch; sie liebte Musik und war ihm dankbar, wenn er ihr eine Karte brachte, weil sie sich keine kaufen konnte.

Er wurde ungeduldig. Um sechs Uhr hatte sie zu kommen versprochen, nun war es schon bald sieben Uhr. Der kleine Spaziergang, den sie vor der Vorstellung geplant hatten, war also bereits verloren. Vielleicht kam sie nicht, weil sie den Wind so haßte? Sie konnte ja auch nie schlafen, wenn draußen Sturm war. So mußte sie doch schwach und ihr bange sein! Was für ein Sturm! Immer gingen zwei Arm in Arm. Er konnte Irma doch nicht allein im Sturme lassen, er würde ihr sagen: »Irma, Sie werden fallen, wenn ich Sie nicht stütze, bitte geben Sie mir den Arm!« Er würde es gleichgültig sagen, so, als ob es ganz natürlich wäre, weil sie ja sonst umfallen müßte. Und dann würden sie so über den Ring bis zur Oper gehen, Arm in Arm, der Sturm würde brausen, die Bäume in der Allee sich biegen, die Lampen flackern, die Menschen ihn ansehen. Er fühlte bereits die Wärme Irmas an seiner Seite, aber er würde es ihr nicht zeigen, wie es ihn beglückte, er würde von den Dingen sprechen, die sie liebte: von Musik und Medizin, von guten Menschen und Büchern, von Kindererziehung und Münzen, von Photographien und Leckerbissen. Aber sie war an seiner Seite und sein Arm wurde immer schwerer, immer schwerer... er stützte sie, und schließlich, er mußte sie doch stützen...

Die Rathausuhr schlug dreiviertel sieben. Nun war es höchste Zeit, daß Irma kam, wollten sie zu Fuß noch die kurze Strecke zur Oper gehen. Zu Fuß! ... Noch hatte er das schwere Gefühl im rechten Arm, als es ihn mit einem heftigen, schmerzlichen Schlag aufs Herz traf.

Irma kam langsam die Rampe herab. Sie hatte einen weitgeschnittenen, dunkelroten Mantel mit schwarzem Pelzkragen, einen barettartigen Hut mit einer Schildkrotagraffe. Die Arme waren an die Seiten gepreßt, denn sie hielt die Hände in den Manteltaschen. Ihr Schritt hatte etwas Schwebendes. Sie war schlank und hoch. Theodor reichte nur bis zu ihren Augenbrauen, was ihn oft verstimmte.

»Spät, Irma«, sagte er, er wollte böse sein, aber es klang eher traurig.

»Im letzten Augenblick hatte mich eine Kollegin zurückgehalten, sie brauchte einen Rat.«

»Immer haben Sie die anderen lieber«, sagte er und sah sie ernst an.

Sie lächelte.

»Nun müssen wir doch fahren.« Es lag eine solche Betrübnis in seiner Stimme, daß Irma aufsah.

»Dafür gehen wir abends zu Fuß nach Hause«, sagte Irma gütig. Dankbarkeit erfüllte ihn. Aber er tat so, als wäre dies ganz selbstverständlich, wenn er auch wußte, daß Irma, die abends immer müde war und nur fahren wollte, ihm ein Opfer bringen würde.

***

Sie stiegen die Stufen der Oper abwärts. Irmas Blick war ferne; noch hörte sie den Sang vom Waldvöglein, noch sah sie Siegfried unter Blumen liegen, sah ihn schreiten, singen, staunen... Ein warmes Gefühl war in ihr. Siegfried war es. Mehr wußte sie nicht und verstand auch nicht mehr. Wie schön, dachte sie, ganz demütig sein zu dürfen, sich beugen, aufschauen, horchen, gehorchen zu können, behütet, beschützt und ohne Willen. Aber keiner der Männer, die sie liebten, war ihr bisher mehr gewesen als ein mildes Lächeln der Erinnerung. Sie hatte es ihnen gesagt, und sie waren dann gegangen – nur Dr. Mann nicht. Er blieb ihr ergeben mit immer gleicher Ausdauer, war glücklich, wenn sie nur gut zu ihm war.

Das begriff sie nie: Sie war doch gut gegen jeden, sie war stets bereit für alle, die ihrer Hilfe bedurften, sie war unermüdlich im Zuhören, gefällig und verstehend, aber es war, als ob sie für Männer, die sie liebten, ohne daß sie ihr Gefühl erwidern konnte, nichts von einem guten Herzen in sich hatte. Sie war grausam und kalt gegen sie, wenn sie sich nicht bezwang; bezwang sie sich aber, war sie vor lauter Mitleid wieder viel zu gut und reizte die Männer noch mehr, die gerne jeden lieben Blick zu ihren Gunsten deuteten. So ging es ihr auch mit Dr. Mann. Seine »ewige Sanftmut« machte sie hart und stark und müde. Männer langweilten sie, wenn sie nicht verliebt in sie war: Dr. Mann ließ sie als einzigen Freund gelten. Er störte sie nicht. Oft saßen sie stundenlang im Zimmer und schwiegen. Wenn sie aufsah, brannte sein Blick, doch ihr Herz blieb ruhig dabei.

»Wollen wir nicht nachtmahlen«, fragte er und wies auf das Speisehaus in der alten schmalen Gasse: »Ristorante Italiano« stand auf einer grünen Tafel. Sie hatte nichts dagegen, sie war hungrig. Er war glücklich. Wie schön der Abend war. Er konnte mit ihr an einem Tisch sitzen. Sie war hungrig, er durfte sie satt machen! Sie vertraute ihm!

Sie gingen die schmale, schief ausgetretene Stiege in den ersten Stock hinauf. Es war wunderbar, wie Irma die schwere rote Portiere zurückschob. Ihre Hand war ringlos, sehr schmal, ein wenig spielte ihre Hautfarbe ins bräunliche hinüber.

Nun saßen sie am kleinen Tischchen und Irma bestellte: Hummer mit Majonnaise, gebackene Scampi mit Salat und einen dunkelroten, fast schwarzen Wein. Theodor sah froh, beinahe bewegt hin, wie es ihr wohlbekam. Sie schämte sich vorerst ein wenig ihres Hungers, seine Freude hierüber aber machte sie sicher.

Der Kellner räumte ab. Als sie einen Augenblick allein saßen, wollte Theodor ihre Hand nehmen, die neben der seinen am Rande des kleinen Tischchens lag. Sie zog sie aber so heftig zurück, daß die in den Gläsern zurückgebliebenen Weinreste aufspritzten und drei große rote Flecke ins Tischtuch machten. Um die aufsteigende Röte im Gesicht zu verbergen, trank Theodor sein Glas leer und hielt es so lange mit aufgestütztem Arm vor dem Gesicht, bis er wieder Kühle an den Wangen spürte. Irma hatte eine Falte über den Brauen. Ihre Hände lagen im Schoß, Daumen und Zeigefinger der rechten Hand strichen gleichmäßig über die Finger der Linken, als ob sie einen Handschuh anpassen wollte.

»Es ist schon spät«, sagte sie endlich. »Wollen wir nicht gehen?«

Das Wort »spät« erregte ihn irgendwie. Er sah sie glühend an, ihr Blick ruhte starr auf dem lebensgroßen Mohrenknaben aus Stein, der eine volle Tasse mit Geschirr trug. Theodor haßte den Mohren bereits. Irma hatte den Mund leicht geöffnet, die Unterlippe glänzte feucht.

»Wollen wir nicht gehen, Theodor«, ihre Stimme klang gequält. Da kein Kellner kam, suchte er ihn im Nebenraum. Er schloß die Türe hinter sich, darin Milchglasscheiben eingesetzt waren. Irma wartete. Sie war sehr müde. Der Tag hatte viel gebracht: Vormittags vier Vorlesungen, dann Mensa, nachmittags drei Vorlesungen und in jeder Vorlesung war einer, der sie erwartete, der sie so ansah, wie der nächste und dritte, und keiner konnte mehr erreichen als der vierte und fünfte und sechste.

Dann hatte Dr. Mann gewartet; dann war die Oper: – Siegfried – Ja, Siegfried! Der war groß und breit und sie mußte sich auf die Zehen stellen, nur um seine Schulter berühren zu können und er hatte eine Hand, so schwer und so groß und wenn die auf ihrer Schulter lag, mußte sie in die Knie – mußte in die Knie, sie fühlte die ganze schwere Müdigkeit des Tages oder war es Siegfried, der über sie gebeugt war?

Wie sie aufblickte, sah sie Siegfried hinter der Glasscheibe stehen. Er neigte sich gerade vor, sein Körper war riesig, wie seine Hände, die ein Geldstück hielten. Wie? Aber hatte Siegfried nicht Dr. Manns Züge? Natürlich, Dr. Mann war es, er stand hinter der Glasscheibe und beglich seine Rechnung. Überlebensgroß wirkte sein Schatten.

Eine weiche Seligkeit überkam sie, sie neigte den Kopf zurück, aber sie sah unverwandt zur Glasscheibe. Warum blieb er so lange? Nun bewegte er den Kopf wie zu ihr hin. Warum zitterte sie? Vor Dr. Mann gar? Sie lachte leise. Der Schatten ward schief und verschwand, sich in die Türe werfend, die krachend aufging. Theodor trat heraus. Irma lächelte ihn an, er war noch immer so groß wie der Schatten: wie schön! Er half ihr in den Mantel, sie fühlte, wie er sie an Größe überragte, sie beugte sich schmiegsam nach rückwärts, daß die Flaumenhärchen ihres Nackens fast seine Lippen streiften. »Tragen, tragen«, dachte sie, sie war voll Traum, oder war es der schwarze Wein, der sie verwandelt hatte?

»Wie Siegfried sehen Sie heute aus«, sagte sie endlich, als sie auf die Straße kamen. Von den blinden Fenstern der Häuser ging ein schwarzer Glanz aus.

»Warum höhnen Sie mich«, seine Stimme klang schmerzlich erstaunt.

»Ich Sie höhnen? Geben Sie mir Ihren Arm.«

Er hörte nicht ihre augenblickliche Schwäche aus ihren Worten. Angespannt war sein Gesicht vor Staunen und Glück. Er reichte ihr den Arm. Sie stützte sich darauf. Wie gut ist es, an einem starken Arm zu gehen, dachte sie. Sie war müde, so müde...

Der Sturm hatte sich gelegt. Ein warmer Frühlingswind wehte von den Gärten herüber. Die wenigen Minuten an Irmas Arm machten Theodor immer sicherer, leidenschaftlicher. Er spürte wieder die feinen Schläfenhaare Irmas auf den Lippen.

Niemand begegnete ihnen in der schmalen, alten, finsteren Gasse. Wo sie sich aber umbiegt, um in eine hellere, breitere und lebendigere zu münden, da hatte Theodor Irma geküßt.

Irma, erst wie im Traume hingegeben, erwachte langsam. O wie schwach – wie schwach – wo war Siegfried? Wer war Siegfried? Was tat sie? Was wollte dieser stöhnende Mensch von ihr?

Sie riß sich los, aufatmend, stolz, empört, verzweifelt, fast weinend. Ihre Hand war weit ausgestreckt. Sie konnte nicht mehr sagen als: fort, fort!

Bei der Laternenecke auf dem Pflaster lag sein Schatten: Klein, nur der Kopf übergroß vom Schatten des Laternenpfahls gespalten.

Langsam trat er, Schritt um Schritt, zurück. Irma stand angelehnt an ein fremdes Haustor, während Dr. Mann ins Dunkel zurücktrat.

Der Knabe mit der Rose

Ein vierzehnjähriger Knabe, mit einem schweren Korb beladen, stand vor dem Blumenzelt einer Marktfrau. Daß man für Blumen Geld ausgeben könne, schien ihm unfaßlich, da er kaum welches zur notwendigen Stillung des Hungers besaß. Tief zog er den Atem ein, um den Blumenduft aufzunehmen.

Eine dicke Marktfrau sah den Buben, und mit gütiger Stimme sagte sie nur: »Da!« Der Knabe hatte plötzlich eine wunderschöne, langstielige, dunkelrote Rose in der Hand; an ihren Blättern tropften die Perlen des verstreuten Wassers. Als er noch immer am selben Fleck stand, schob ihn die Frau fort, denn es war eine Käuferin gekommen, die ein Zyklamenstöcklein wünschte.

Weil er sich schämte, vor den Menschen seinen kostbaren Schatz genau zu betrachten, trat er in das nächste Haustor, beugte sich lange über die Blume und war sehr glücklich. Als er heraustrat, ging er gerader, trotz des Korbes auf seinem Rücken; seine Augen waren belebt und gut. Die Rose hielt er vor sich hin, am untersten Ende des Stieles, zwischen Daumen und Zeigefinger, während die anderen Finger gespreizt waren und so einen heiteren Eindruck machten.

Wie er nun um die Ecke bog, kamen ihm zwei Mädchen entgegen. »Was für eine wunderschöne Rose!«, riefen sie gleichzeitig und sahen recht verlangend nach der Blume hin. Der Bub freute sich und ging weiter.

Ein Mädchen stand vor einem Laden, es war sehr blaß und zart. »Schöne Rose!«, rief sie. Sie dachte an ihr Zimmer, dessen Fenster in einen Lichthof gingen. Der Knabe schritt lächelnd an ihr vorbei.

Eine junge Dame kam ihm entgegen, sie trug ein schwarzes Seidenkleid und hatte ein goldenes Täschchen in der Hand; sie blickte ihn lieb an. Sein Herz, das von Frauen noch nichts wußte, begann in diesem Augenblick zu klopfen, und nun wachte es langsam auf, da kein Mädchen vorbei ging, das sich nicht über seine Rose freute. So wuchs in dieser Stunde ein neues glückliches Gefühl in ihm. Noch hatte er keinem Mädchen ins Gesicht gesehen, das seine Rose angelacht hatte, nun aber unterschied er bereits braune von blauen Augen, frische von bleichen Wangen, dunkle von hellen Haaren.

Er hatte es bald heraus, daß er reich war, daß jedes Mädchen ihn um seinen duftenden Besitz beneidete, und daß er, wenn er die Rose verschenken wollte, auch beglücken könne.

Er hätte um zwei Uhr die Waren, die im Korb lagen, abliefern sollen, setzte sich aber doch auf eine leere Bank im Volksgarten, wo er durch die Mittagshitze eingeschlafen war. Als er erwachte, spürte er einen fremden Duft. Er wendete sich seitlings und gewahrte eine schöne blonde Dame neben sich sitzen, die mit einem grünen Seidenschirm Figuren in den Sand zeichnete.

»Fast hätte ich dir deine schöne Rose gestohlen, während du schliefst«, sagte sie und traf ihn unversehens mit der Zwinge ihres Sonnenschirms an der Fußspitze. Er errötete. »Laß mich einmal riechen!« Er reichte ihr glücklich seine Blume hin. »Hm...«, machte sie, »duftet die aber gut!«, und es schien, als ob sie die Rose gar nicht mehr aus der Hand geben wollte. Da durchströmte es ihn plötzlich: »Schenken«, dachte er, »schenken«. Und der Arme, der nie im Leben etwas zu verschenken gehabt hatte, er fühlte sich jetzt so glücklich in der Vornahme, dieser feinen Dame sein Eigentum zu überlassen: Wie sollte er es aber nur sagen? Sollte er sagen: »Bitte, behalten Sie die Rose, Gnädigste!« Das klang eher, als ob er ein großer Herr wäre! Sollte er nicht einfach sagen: »Hier, nehmen Sie!« Das ging auch nicht an. Er quälte sich, ward wieder rot, fand aber nicht den Mut, zu sprechen.

Die Dame hielt seine Rose noch immer in der Hand. Da stand er so hastig auf, daß der Korb knackte, und lief und lief...

Er vernahm wohl ihr Rufen: »Kleiner, deine Rose!« Aber er tat, als hörte er nicht, er rannte bis zum Ausgang des Parkes.

Die Heimkehr

Nun war es gerade ein Jahr, daß er wieder vor der Türe seiner Wohnung stand, von der ihm sein Name metallen entgegenglänzte. Mit Absicht hatte er sich nicht angemeldet, um sich an dem langentbehrten, nun erstaunten und beglückten Gesicht seiner Frau noch besser zu erfreuen.

Da es gerade zehn Uhr schlug, war das Stiegenhaus in dem Augenblick finster, als er die Treppe aufwärts lief. Im Dunkel schon drückte er den Taster nieder. Gleich rasselte das Sicherheitsschloß von innen. Seine freudig angespannten Züge wurden schlaff, als er eine Fremde sah. Das Dienstmädchen, das ihn nach einer Photographie, die über dem Bette der gnädigen Frau hing, erkannt hatte, sah erschrocken aus.

Er schob sie achtlos fort und ging mit großen, hastigen Schritten, ohne anzuklopfen, in das Wohnzimmer. Es war finster. Von hier aus führte die einzige Türe zum Schlafzimmer. Wieder ohne anzuklopfen, drückte er, in der Gewißheit, daß sich ihm die Türe öffnen müsse, die Klinke nieder, doch fand er das Zimmer verschlossen. Er rief den Namen seiner Frau. Es kam keine Antwort. Er rief nochmals. Es regte sich nichts im Nebenzimmer. – Er läutete nach dem Mädchen. »Schläft die gnädige Frau schon?«, fragte er ganz leise, denn es war schon spät, und sie mochte müde gewesen sein.

Der Blick und das Lächeln des Mädchens sagten genug. Schwer neigte sich sein Kopf auf die Brust herab, während die Hand sich auf die Tischkante stützte. – Das Mädchen stand und starrte zu ihm hinüber. Sollte es sagen, daß der junge Soldat schon das zweite Mal bei der gnädigen Frau zur Nacht geblieben war? Sollte es sagen, daß niemand sonst dagewesen, daß die Frau immer allein und still im Zimmer gesessen, Briefe an den gnädigen Herrn geschrieben hatte und früh zu Bett gegangen war? Sie durfte sie nicht verraten! Nein! Die Frau war gut und der Posten war gut. Und doch prickelte es in ihr, das Geheimnis preiszugeben. Ach! Oder sollte man sich vielleicht immer für die Männer aufheben, die nicht kamen? Eine Kraft zwang sie, zu sprechen; schon tat sie einen Schritt vor, um anzufangen, aber – der liebe Herr! – waren das nicht Tränen, die ihm über das Gesicht rannen? Ihr ward nun selbst zum Weinen. »Gnädiger Herr«, sagte sie stockend.

Er achtete der Tränen nicht, sprang auf sie zu und rüttelte ihre Schultern: »Ist jemand drin?«

»Ich heiße Marie«, sagte sie in ihrer Angst, ohne zu wissen, was sie sprach.

»Marie oder nicht, mir ist es gleich, wie Sie heißen. Ist jemand drin?« Er schüttelte sie wieder, daß sie aufschrie. »Ja oder nein?«

Sie nickte nur; da ließ er sie los. »Machen Sie mir das Bett auf dieser Ottomane!«, sagte er scharf.

Marie lief geräuschlos hin und her, brachte Bettzeug und stellte ein Glas Wasser auf den Tisch. In ihrem Gesicht wechselten Schrecken und Schadenfreude. Schon wollte sie sich knixend entfernen, als er sie zurückrief. »Sie werden morgen diesen Tisch für drei Personen decken!« – »Aber!« – »Sie werden morgen diesen Tisch für drei Personen decken!« – »Bitte!« –

Er wachte die ganze Nacht. Er wußte, daß sie und der Fremde nur durch diese Türe flüchten konnten, darum durfte er keinen Augenblick das Wohnzimmer verlassen. Er vermochte keine Bewegung, keinen Laut zu vernehmen. Er wollte die Frau quälen, wollte sie aus dem Schlafe stören. Absichtlich und umständlich machte er Licht; ließ dann einen Gegenstand laut niederfallen, daß sie aufspringen und erschrecken möge. Die großen Stiefel zog er nochmals an und ging mit schweren Schritten gleichmäßig durch das Zimmer, daß das aufgestellte Silber klirrte. Nichts rührte sich nebenan. So wußte sie, daß er da war? Er freute sich, wenn er daran dachte, daß sie nun vor Furcht nicht atmen konnte, sich abmühte, um einen Ausweg für ihre Flucht zu finden. Wer wohl bei ihr war? Vielleicht Gustav, der sie so viele Jahre unglücklich liebte? Sollte der Erhörung gefunden haben oder gar der junge Bernhard, den sie nie ungern angeblickt hatte? Nein, nein, Gustav war gefallen und Bernhard gefangen; also ein Fremder? Irgendein Hergelaufener? Irgendein frecher Mensch schlief jetzt neben ihr und sie, sie duldete ihn? Sie, die vornehme, stolze Frau? Wie konnte nur dies alles möglich sein? Reichte die Liebe einer Frau nicht über ein Jahr hinaus? Was war aus seiner schönen Freude geworden, und was tat er mit den vielen Dingen, die er ihr mitgebracht hatte? Wer war im Zimmer? Warum brach er nicht die Türe ein? Warum ließ er diesen Fremden an seiner Stelle? Warum? Warum? Morgen kam *sein* Tag. Ja! Kalt und hart fühlte er: Morgen! Morgen! Er zog die Stiefel wieder aus, drehte das Licht ab und legte sich hin, um zu lauern und zu wachen.

***

Die Konturen der Möbel traten aus dem ersten Morgenlicht. Seine Blicke unterschieden schon Glasschrank, Tisch und Stühle, den alten eisernen, vielarmigen Luster mit dem kornblumenblauen Seidenschirm. Wider Willen versank er in schöne Erinnerungen, an die Tage, da er mit ihr diese Dinge für die Wohnung besorgt hatte. Selbst in Geschäften hatte sie seinen Arm nicht losgelassen, und wie ihr Blick ihn in Güte hüllte! Und dann gedachte er der Worte: »Ewig! Immer!« und an ihr Lächeln, an ihr reizendes, als er sie einmal scherzend fragte: »Wirst du niemals einen anderen lieb haben?«

Ein Geräusch kam aus dem Nebenzimmer; es mußte sich jemand im Bett umgedreht haben. Er hob den Oberkörper, stützte sich auf die Hände und horchte gespannt. Aber das Geräusch wiederholte sich nicht mehr.

Die alte Schwarzwälderuhr, die ihm seine Mutter mitgegeben und die ihn sonst immer zur Schule geweckt hatte, schlug sechs. Er sprang aus dem Bett, wusch sich flüchtig und schlüpfte gedankenlos in die bestaubten Kleider. In die schweren, noch mit Kot bespritzten Stiefel stieg er lärmend hinein, nicht ohne vorher nochmals mit den harten Absätzen auf den Fußboden zu hacken. Marie klopfte an, trat ein und wollte ihm die Kleider reinigen. Er wies sie zurück, zeigte aber stumm auf den Tisch und wiederholte seinen gestrigen Befehl. Der gemeine, schadenfrohe Zug in ihrem Gesicht war nun einer großen Angst gewichen. Sie zitterte in den Händen, und als sie es sich doch nicht nehmen ließ, seine beschmutzten Stiefel kniend zu reinigen, hatte sie einen hingegebenen, sklavischen, aber schönen Ausdruck im derben Gesicht.

Er umkreiste nun mit großen Schritten das Zimmer; immer vom Glasschrank zum alten Großvaterstuhl, an der Kredenz vorbei, zum kleinen Tischchen mit den zwölf silbernen Tassen, die irgendein Onkel zur Hochzeit geschenkt hatte, immer wieder um den Tisch herum. Nur für Augenblicke hielt er inne, dann setzte er sich in den weichen, schwarzledernen, mit weißen Nägeln besteckten Großvaterstuhl – ein Erbstück aus ihrer Familie –, legte beide Arme auf die weichen Lehnen und starrte zur Türe. Dahinter blieb es still.

Jetzt tickte es acht. Als aber noch immer kein Laut aus dem Nebenzimmer kam, schlug er mit dem Säbel dreimal gegen die Türe. Wieder rührte sich nichts. Er stieß nochmals, nun aber ganz hart mit den Stiefeln an. Da hörte er es einen Augenblick flüstern. Er rief laut durch die Türe: »Beeilt euch hereinzukommen, der Tisch ist schon gedeckt!« – – Stille. – – »Ihr braucht euch nicht zu fürchten!« Er zwang sich zu einem milden Ton, was die Stimme widerlich machte: »Vergiß nicht unseren Gast, Agathe.«

Er begann seine Wanderung von neuem. Unterdessen hörte er das Geräusch, wie ein Krug auf eine Marmorplatte gestellt wurde, das Plätschern von Wasser, hörte, wie ein Kamm zu Boden fiel, dann das Aufziehen der Jalousien und wie die hohlen gipsernen Quasten des Vorhanges aufeinander klirrten. Es schien, als ob sich nur *ein* Mensch im Raum bewegte, und einige Augenblicke stieg Hoffnung in seinem Herzen auf. Er sah sich ihr zu Füßen sitzen, ihre Knie umfassen, sie um Vergebung bitten; schon zürnte er sich um seines häßlichen Verdachtes willen, schon nahm er sich vor, ihr nie wieder etwas Schlechtes zutrauen zu wollen, da hörte er Schritte, nun knarrte das Schloß, nun stand seine Frau im Türrahmen, mit gesenktem Blick, dem man die Schuld ablas. So schön, so jung! Das Frühlicht fiel auf ihr blondes Haar. Mit kleinen hastigen Schritten ging sie auf ihn zu; die Hand streckte sie aus, wollte sprechen, erklären, Vergebung erbitten. Das Wort versagte ihr vor seinen eisigen, höhnenden Blicken; die Hand, die er nicht zu bemerken schien, glitt ihr zur Seite nieder. Er machte eine lässige Bewegung zum Sessel, lud sie wie ein Fremder ein, Platz zu nehmen.

Stolz und Scham, Reue und Angst waren in ihr; in ihm Kränkung, Trauer, Haß und Rache. So fragte er, noch unsicher und mit der heimlichen, innigen Hoffnung, daß sie »ja« sagen möge: »Bist du allein?« Sie senkte den Kopf noch tiefer. Warum war ihm trotz aller Schmach, als müsse er ihr über den Scheitel streichen? Doch zwang er sich zu Härte und Hohn: »Dann warten wir eben, bis unser Gast erscheint.« Sie stand auf und ging ins Nebenzimmer. Im Augenblick des Alleinseins wischte er sich den Schweiß von der Stirne. Liebe flammte neu auf. Um wieviel schöner sie geworden war! Kein böses Wort fiel ihm ein.

Sie war wieder im Zimmer. Er kämpfte zwischen Liebe und Haß. Sie hatte die Lippen aufeinandergepreßt, der Mund war schmerzlich, der Blick glanzlos. Langsam ward eine Schnalle niedergedrückt, ein schöner junger Mensch in der Uniform eines Nichtchargierten stand stramm vor dem Offizier. Dieser grüßte stumm den jungen Menschen, bewegte aber dabei keinen Muskel des Gesichtes. Er lud ihn ebenfalls ein, Platz zu nehmen – sah ihn jedoch nicht an. Marie kam schon mit dem vollen Tablett ins Zimmer, stellte es mitten auf den Tisch und betrachtete die drei Menschen neugierig. – Er reichte seiner Frau die Kanne, daß sie einschenken möge, zwang sie durch seinen Blick dazu. Als sie den Tee in die Tasse des jungen Menschen goß, zitterten ihre Hände so stark, daß das helle Tuch befleckt wurde. Sie mußte ihm Gebäck reichen und sogar das Wasser aus der Flasche in das Glas gießen. Niemand sprach. Sie frühstückten, ohne einander anzusehen, und jeder konnte, da er ungewöhnlich lange in die volle Tasse blickte, sein eigenes niedergeschlagenes Auge samt den Wimpern darin gespiegelt sehen.

Das Frühstück war beendet. Das Mädchen räumte ab. Der junge Mann wollte eine Gelegenheit benützen, um zu entweichen, indem er sich, wie lässig, an die zweite Tür des Wohnzimmers, die zum Ausgang führte, lehnte. Aber er ward bemerkt, und so stark war der Blick, der ihn traf, daß er sofort die Hand fallen ließ, die sich schon von rückwärts zur Klinke auftasten wollte.

So bewacht und beobachtet, unbeweglich standen und starrten die zwei Menschen wie Puppen. Der Mann genoß den Schauer dieser unheimlichen Schweigsamkeit wie etwas Köstliches. Er sah von ihr zu dem jungen Menschen hin. Er labte sich daran, wie seine Blicke sie erröten ließen. Bis zur Mittagszeit dauerte diese Qual, bis zum zweiten gemeinsamen Mahle.

Der Vorgang spielte sich wie beim Frühstück ab. Wieder beherrschten seine Blicke ihre Hände, die sie zu dienen zwangen, und den jungen Menschen, der sich zu beherrschen verstand. Trotz der Angst freute er sich an einer seltenen Erwartung. Sie hörte Schüsse knallen. Ihr war, als trüge sie ihre Brust unbekleidet, stets den Dolchstoß erwartend, der aus jedem Winkel auf sie lauere. Aber es geschah nichts. Das Schweigen ward nicht gebrochen, nur seine Blicke erstarrten immer mehr zu Befehlen und zwangen die beiden in hypnotische Willenlosigkeit. Sie dachten nicht mehr daran, was ihnen bevorstand: bloß an den unerträglichen Augenblick.

Gegen fünf Uhr stand er auf, nahm Mantel und Kappe, schnallte den Säbel um, während er ruhig in die gespannten Gesichter der beiden blickte. Er sperrte die Türe ab und lief die vier Treppen hinunter.

Als er wieder kam, war ein Mädchen mit ihm. Es war unauffallend gekleidet, jung, und hatte keine unfeinen Bewegungen. Die Frau und der junge Mensch standen beim Fenster. Als der Schlüssel knackte, drehten sie sich erschreckt um. Die Frau, die sich schon so lange beherrscht hatte, begann endlich zu weinen. Es schien ihn nicht zu bewegen. Er bestellte das Nachtmahl, und nun aßen sie zu viert, schweigend, nur von unausgesetztem, doch schon leiserem Weinen der Frau begleitet. Des fremden Mädchens Augen blickten voll Mitleid auf sie. Ahnend begriff es vieles, aber es hatte zu schweigen; eine hohe Bezahlung bestimmte, forderte dies.

Er erhob sich nach dem Mahl und bedeutete der Frau und dem jungen Menschen sich zurückzuziehen. Er selbst legte den Arm um die Schulter des Mädchens.

Nun sperrte er die Türe hinter den beiden zu. Dann bereitete er selbst sein gestriges Lager, warf nur die Matratze heraus, auf die er sich legte. Dem Mädchen bedeutete er, sich niederzulegen. Eine dünne Decke zog er sich gleich, nach raschem Entkleiden über den Kopf. Als das Mädchen im Bette lag, stand er wieder auf, um das Licht abzudrehen. Es wurde hiebei kein Wort gewechselt. Es war froh, sich einmal ruhig ausschlafen zu können; seine Atemzüge gingen über in das Ticken der Uhr, in das Aufknacken des trocken gewordenen Holzes der Möbel.

Wieder verbrachte er die Nacht mit Horchen und Wachen und mit dem Ausdenken neuer, böser Pläne.

Nun saßen sie zu viert beim Frühstück. Als es beendet war und das Schweigen wieder einsetzte, bat seine Frau weinend: »Ach laß es genug sein mit diesen Qualen, ich bitte dich, schick mich fort, nur laß es genug sein mit diesem Schweigen und diesem fremden Mädchen. Ich will dir ja alles gestehen, alles...«

Er fühlte, wie ihre Nähe ihn schwach machen mußte. Ihren Kopf, der sich an seine Knie schmiegte, hätte er gerne noch länger bei sich verweilen lassen. Aber er durfte nicht. Ohne sie anzusehen – sonst hätte er vielleicht nicht die Kraft gehabt –, sagte er zu dem jungen Menschen, indem er durch das Fenster über die Dächer sah: »Sie sind hier nicht mehr gehalten.«

Dieser, in der Eile sich überstürzend, holte aus dem Zimmer seine Kappe und sein Bajonett. In seinen Blicken, die der Geliebten galten, war die rasche Verächtlichkeit der Jugend. Schon hatte er die Hand an der Klinke, da besann er sich noch und verneigte sich vor dem Offizier, und grüßte, wie es der Dienst vorschrieb.

Sie ging zu ihrem Mann und suchte seine Hand. Er aber tat, was er niemals gewollt hatte: er nahm die des Mädchens. Da lag die Frau über das Bett gestreckt, schluchzend, doch niemand beruhigte sie. Als sie nicht mehr weinen konnte, stand sie müde auf und wollte Hut und Mantel nehmen. »Es ist deine Zeit noch nicht gekommen, fortzugehen«, sagte er ruhig und kühl, doch sah er ihr nicht ins Gesicht.

***

So lebten sie in der von ihm bestimmten Weise weiter. Nur für Stunden ging das Mädchen fort, um abends wieder zu erscheinen. Sechs Tage dauerte der Urlaub des Mannes und für diese sechs Tage war sie aufgenommen und bezahlt worden.

Nun stieg die Fremde zum letzten Mal die vier Treppen zu der unheimlichen Wohnung empor. Ihr tat die Frau so leid, sie fühlte, wie sehr der Mann sie dennoch liebte.

Nachdem sie, wie immer, schweigend gegessen hatten, schob die Frau still den Stuhl nach rückwärts, stand und schaute lange zu ihrem Mann hinüber. Aber er wich dem Blick aus. Sie ging auf ihr Zimmer, ohne sich nach ihm umzusehen.

Auf seinen Wangen glühten zwei runde, rote Kreise. Er sah auf die geschlossene Türe. Begierde nach ihr erfaßte ihn, machte ihn sehnsüchtig. Bald lag er wieder irgendwo in Schmutz und Feuchte. Er liebte sie doch! Ja, sie war schön, schön, schön! Fluch über diesem Wort! Sein Begehren war stärker als seine Achtung vor sich selbst. Er riß an seinem Taschentuch, das er zwischen die Zähne gepreßt hatte. Er sah auf. Das Mädchen hatte sich auszukleiden begonnen und legte gerade säuberlich Stück für Stück auf den neben der Bettstatt befindlichen Stuhl. Er stürzte auf es los, warf alles durcheinander und schleuderte den zusammengeballten Knäuel in seine Arme. »Hier! Anziehen! Fortgehen! Schnell! Schnell!« – – Es blickte ihn verständnislos an. »Da!« rief er überlaut und drückte eine Geldnote in seine Hand. Es war viel mehr, als er versprochen hatte. Es beugte sich über seine Hand und küßte sie. Er konnte tief in den Ausschnitt des Hemdes hineinsehen. »Da nicht – da nicht«, sagte er. »Anziehen! Anziehen! Fort! Fort!« Er zog ihr die Kleider über. Die Fingerspitzen brannten ihn, wenn er ihre Haut berührte. Dann setzte er ihr noch den Hut auf, half ihr in den Mantel. »So, so! Gute Nacht! Danke schön! Gute Nacht!« Sie konnte gar nicht zur Besinnung kommen. Plötzlich stand sie auf dem dunklen Gang. Die Geldnote, die sie fest in der Hand hielt, knisterte.

Eine Weile saß er noch, die Hände an die Stirne gelehnt; aber ehe er es selber wollte, stürzte er ins Nebenzimmer und war schon bei seiner Frau. Fest hielten sie sich, als wäre kein Groll zwischen ihnen gewesen.

Er ruhte bei ihr, und sie war gut. Müdigkeit überwältigte ihn endlich. Er schlief ein, seinen Kopf an ihrer Brust gebettet, daß er ihr Herz schlagen hörte, die Arme um ihre Gestalt geschlungen, wie ein Kind bei der Mutter.

Über weibliche Schöpferkraft
Essay

Als eine Dichterin zum erstenmal eines ihrer Dramen aufführen ließ, waren die vielen Freunde anwesend und besprachen nachher das Stück. Es war nun interessant, die Art der Urteile zu vernehmen, die sich im allgemeinen auf einer völlig unobjektiven Ebene hielten. Sie berieten, wieviel in dem Werke erlebt wäre, ob alles oder nur eine Figur, wer wohl der oder jener in Wirklichkeit sei, und verquickten dermaßen Leben und Kunst, ohne zu wissen, wie der eigentliche künstlerische Vorgang gewesen war, daß der Eindruck über das Theaterstück zum Schlusse eine offene persönliche Lebensfrage der Dichterin blieb. Als die Autorin Tage nachher mit einigen von diesen Theaterbesuchern beisammen war, wurde sie gleich mit jenem gewissen zwinkernden Blick empfangen, wo sich ein Auge zum Schlitz zusammendrückt, das andere im Spitz geöffnet bleibt, während eine Braue sich aufwärts zieht. »Wieviel ist von deinem Leben drin?«, fragten die Leute. »Von meinem Leben?«, antwortete die Ahnungslose. »Nichts!« – »Nichts? Das ganze Theater behauptet, es wäre dein Leben, das du der Heldin gibst.« – »Warum muß es mein Leben sein?«, erwiderte die Dichterin und fühlte einen unangenehmen Geschmack auf der Zunge. »Traut man uns Frauen so wenig Kraft und Objektivität zu, uns ganz in ein fremdes Leben versenken zu können?« »Frauen schreiben sich immer ab!«, entgegnete einer und lächelte. Und damit war das Thema angeschnitten und lange, aber zwecklos durchbesprochen, weil verschiedene Menschen, die noch obendrein verschiedenen Geschlechts, Geschmacks, Tempos und verschiedener Weltanschauung sind, nie einander überzeugen werden. Nach Hause gekommen, spann die Dichterin ihre Gedanken darüber fort.

Schreiben Frauen sich wirklich immer ab? dachte sie wieder. Welch oberflächliches Vorurteil! Und die Männer schreiben sich nicht ab? Welches Wort: »Abschreiben«! Man muß da fein unterscheiden. Es gibt hier zweierlei Formen des Abschreibens: Wenn das Persönlichste, dem Leben noch so genau nachgebildet, durch Kunst so verwandelt wird, daß dieses »Abschreiben« dadurch gerechtfertigt ist und nie als phantasielos empfunden werden kann. Die zweite, schlimme Art ist die schamlos unverhüllte, sich selber aus Eitelkeit ausbeutende. Man kann sie deswegen nicht mehr als Kunst bezeichnen, weil sie sich weder durch Stil noch durch Form, Verwandlung nur im geringsten vom real Erlebten abhebt und so als Kunstwerk nicht in Betracht kommt, wie etwa Schlüsselromane oder schlecht wiedergegebene, zu Dramen verarbeitete, von der Zeitung abgeschriebene Tragödien. Man wirft also den Frauen vor, daß sie sich abschreiben. Warum? Ein schlagendes Beispiel dafür, daß auch ein Mann bis jetzt nur aus seinem Leben geschöpft und wenig erfunden hat, ist der große Dichter Hans Carossa. Wenn man, ohne zu wissen, wer der Autor ist, ihn dem anonymen Werk Ricarda Huchs gegenüberstellt, würde nach dieser Methode der oberflächliche Leser Carossa für die Frau und Huch für den Mann halten. Bedenken wir nur, wie persönlich Hamsun früher war und wie wenig die Lagerlöf, wie persönlich Strindberg und wie gering dagegen die Undset, so wird sofort klar, daß man den Frauen noch immer Vorurteil und gedankenlose Tradition entgegenbringt. Der Huch, Lagerlöf, Undset könnte man noch eine Droste, Elisabeth Berrett-Browning, Agnes Miegel, Ina Seidel anfügen, die mit Ausnahme von Gedichten auch im fremden Schicksal zu Hause waren und sind. Kann man hier vom »Abschreiben« sprechen? Hat Rilke nicht immer wieder sein Leben dargestellt, und ist der *Malte Laurids Brigge* etwas andres als eine Autobiographie?

Welcher Künstler käme ohne sein Leben aus? Und welcher Philosoph, der es nur leichter hat, sich zu verbergen? Es kommt eben immer darauf an, was man aus diesem Leben macht. Beschämend ist nur, von vornherein so beurteilt zu werden, als ob der Frau überhaupt die Gabe fehlen würde, ein ihr fremdes Wesen zu schaffen und zu beleben, auch ohne ein persönliches Erleben damit zu verbinden.

Immer noch müssen die Frauen, so sehr sie in ihrem natürlichen Beruf vom Mann getrennt sind, in jenen Berufen, wo sie einander begegnen, gegen ihre Spezialstellung kämpfen. Wird eine vernünftige Frau je behaupten, daß die Mütter dieselben Interessen, Wünsche, Liebesempfindungen haben wie die Väter, daß die Geliebte und der Geliebte ein und dasselbe sind? Wohl aber wird sie behaupten, daß eine Frau ebenso Freundschaft halten kann wie ein Mann, ebenso tüchtig im Leben zu stehen vermag! – Es gibt mehr Künstler unter den Männern als unter den Frauen, aber nicht viel mehr Genies. Kann man von Frauenkunst sprechen, wenn man die Dichtungen der Paula Grogger liest? Kann man bei einer Erscheinung wie Rosa Mayreder von Frauenkunst sprechen, oder bei Alma Johanna Koenig? Wenn man sagt, daß Desbordes-Valmore sich zeit ihres Lebens in Gedichten »abschrieb«, könnte man einem Verlaine denselben Vorwurf machen oder seinem schwächeren Nachfahren, dem Peter Altenberg. Wir sehen, in jeder Typisierung besteht eine Gefahr. – Für die Frauen ist aber nur beschämend, daß man ihnen etwas zum Vorwurf macht und als Schwäche und Minderwertigkeit hinstellt, was man an manchem männlichen Künstler verächtlich mit dem Worte »feminin« noch zu bekräftigen sucht.

Abb. 1 Die Geschwister Käthe Braun-Prager und Felix Braun (19. 8. 1890)

Abb. 2 Robert Braun, Käthe Braun-Prager und Felix Braun (v.l.n.r.) (1903/1904)

Abb. 3 Die Eltern von Käthe Braun-Prager: Caroline und Eduard Braun

Abb. 4 Die Geschwister Braun mit Laura und Eduard Braun

Abb. 5 Käthe Braun-Prager (1906)

Abb. 6 Käthe Braun-Prager mit Tochter Ulrike und Hans Prager (August 1920)

Abb. 7 Felix Braun und Robert Braun (hinten); vorne: Käthe Braun-Prager, Tochter Ulrike und Hans Prager (1921)

Abb. 8 Käthe Braun-Prager (12. 9. 1930)

Abb. 9 Das Wiener Wohnzimmer 1917-1938 (von der Gestapo delogiert)

Abb. 10 Tochter Ulrike, kurz vor der Emigration (11. 9. 1938)

Abb. 11 Käthe Braun-Prager und Felix Braun (Januar 1941, in England)

Abb. 12 Käthe Braun-Prager, Laura Braun, Tatjana Popović und Mutter (London, 1946)

Abb. 13 Käthe Braun-Prager und Felix Braun (1963)

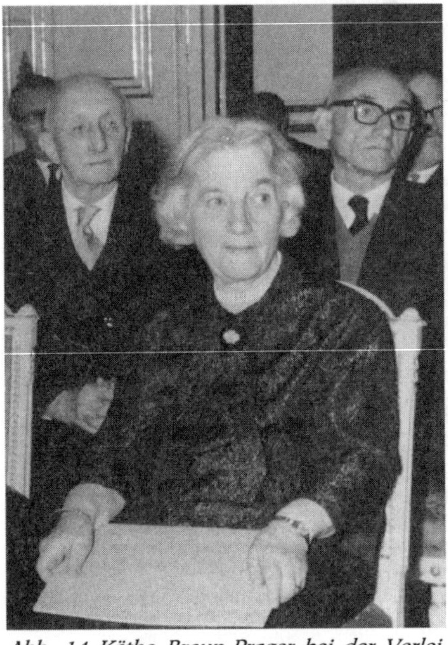

Abb. 14 Käthe Braun-Prager bei der Verleihung des Professorentitels durch das Unterrichtsministerium, Wien (hinten Felix und Robert Braun)

Abb. 15 Baronin Alice Morawitz, Felix Braun, Käthe Braun-Prager und Franz Theodor Csokor (September 1960)

Abb. 16 Käthe Braun-Prager: *Bei der Kerze (aus: »Kleine Autobiographie in drei Bildern«)*

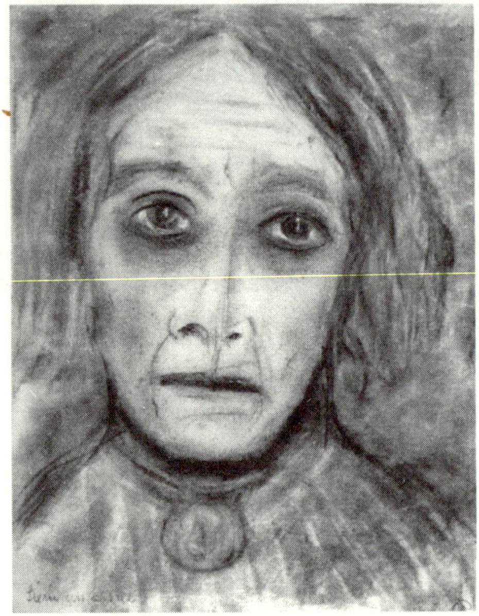

Abb. 17 u. 18 Aus: »Kleine Autobiographie in drei Bildern« (oben: Verwandelte Welt, unten: Stern im Schnee)

Tatjana Popović

Nachwort

Käthe Braun-Prager (Katharina Maria Braun), 1888 in Wien geboren, stammte aus einem österreichisch-jüdischen Elternhaus. Die Mutter starb bei ihrer Geburt, als ihr Bruder Felix[1] gerade drei Jahre alt war. Der Vater, Eduard Braun, heiratete ein Jahr später die Schwester der Mutter, Laura Kohn. Einige Jahre später wurde ihr Halbbruder Robert[2] geboren. Vom dichtenden Großvater[3] sehr beeindruckt, schrieb ihr Bruder Felix schon mit 14 Jahren sein erstes Theaterstück *Die Kastellianerin* und das hat sicherlich auch Käthe Braun-Prager in literarischer Hinsicht beflügelt. Die Geschwister Braun verband eine sehr starke seelische und geistige Beziehung, die noch bis zu ihrem Tod andauerte.

Das liberal-bürgerliche Elternhaus ermöglichte Käthe Braun-Prager, meiner Großmutter, eine Ausbildung in einer höheren Töchterschule und sie absolvierte 1907 auch die Staatsprüfung in Stenographie. Um die Familie finanziell zu unterstützen, arbeitete Käthe Braun-Prager als Privatlehrerin und seit 1907 als Beamtin in der Creditanstalt in Wien. Zu dieser Zeit hatte sie schon viele Gedichte und Aphorismen verfaßt, aber kaum etwas veröffentlicht. Als sensible und zarte Frau hatte sie aber anscheinend unter der strengen und beamtischen Atmosphäre im Büro gelitten, was von ihr in der Erzählung *Büro* auf eine sehr dramatische und phantasievolle Weise umgesetzt wurde. Ein kleiner Beamter, zermürbt, gestoßen, ungeliebt, verfällt dem Zahlenwahnsinn und geht schließlich daran zugrunde.

Vom nicht-religiösen Elternhaus unbeeinflußt, konvertierte Käthe Braun-Prager zum evangelischen, in späteren Jahren zum katholischen Glauben. Ihr Bruder Robert berichtete in seinen Lebenserinnerungen von der religionskritischen Einstellung des Vaters, als dieser in Rumänien einen Rabbiner sah: »Er beobachtete, daß dieser nur gegen Geld freundlich Hilfe leistete, um so freundlicher, je größer der Betrag war. Bei den christlichen Priestern glaubte er Ähnliches zu finden. Nur die Reichen erhielten strahlende Begräbnisse. Die Frömmigkeit der Kirche hielt er mehr oder weniger für Volksbetrug...«[4] »Er bezeichnete das Tun der Priester in den Kirchen als ›Hokuspokus‹, die Zeremonien als ›Mumpitz‹.«[5] Für den Vater war es das wichtigste, ein anständiger Mensch zu sein, sein Handeln zu verantworten, und er versuchte, den Kindern ein ethisches Verhalten vorzuleben. Auch ihre Mutter konvertierte, wohl aus Angst vor Verfolgung und aus Sympathie für die Kinder, im Jahre 1938 zum katholischen Glauben.

Durch antisemitische Äußerungen in ihrem Umfeld, die die jüdischen Kinder schon früh und auch später erfahren haben, waren die christlichen Religionen für sie sicherlich sehr willkommen. Auch die Hoffnung war damit verbunden, zu einer angesehenen und geliebten Gemeinschaft zu gehören. Das religiöse Empfinden steigerte sich noch, als Käthe Braun-Prager nach einem Hotelbrand, dem sie glücklicherweise entkommen war, die Heilige Therese von Lisieux zu verehren begann. Und doch war Käthe Braun-Prager absolut freidenkerisch und tolerant.

Nach einigen mißglückten Liebesbeziehungen lernte Käthe Braun-Prager den Schriftsteller und Philosophen Dr. Hans Prager[6] kennen, den sie 1917 heiratete. Erst drei Jahre später wurde ihre Tochter Ulrike[7] geboren, und es ist zu vermuten, daß ihr die Geburt Todesängste bereitete, da doch ihre eigene Mutter bei ihrer Geburt starb, was sie auch bedrückte und ihr Leben lang begleitete. Sogar Felix Braun widmete in seiner Autobiographie[8] der toten Mutter ein ganzes Kapitel.

Käthe Braun-Prager, seit 1920 freie Schriftstellerin, war ihrer Zeit voraus und lebte sehr gesellschaftsbezogen. In der Wiener Wohnung[9] gingen viele bekannte Künstler ein und aus. Käthe Braun-Prager war auch die führende und organisatorische Kraft in der Familie. Ihrem Ehemann, zwar intellektuell, aber etwas weltfremd und unpraktisch, war es nicht immer möglich, die Familie zu erhalten. Obwohl es stets an Geld fehlte, hatte Käthe Braun-Prager immer noch Zeit und Phantasie, ihre Gedichte, Erzählungen und viele Aphorismen zu verfassen und für den Lebensunterhalt der Familie zu sorgen. Auch versuchte sie sich als »Literaturagentin«, indem sie mit wichtigen Leuten Kontakt aufnahm, um ihnen die Werke von Felix Braun und Hans Prager anzubieten.

Wie tolerant und offen die Beziehung zwischen den Eheleuten war, ist auch in einem Brief vom 4. Juni 1925 zu lesen: »Daß Dir die Freundschaft mit Fräulein Nieß soviel geben kann, freut mich *merkwürdigerweise*, wenn Du aber trotz inneren Widerstreben aus purer Anständigkeit Dich für sie entscheiden solltest, so weißt Du wie leicht ich Dir immer alles mache. Aber ich glaube, Du bist zu faul dazu, Dein Leben zu ändern, so lange ich lebe. Gott sei Dank [...]. Mir tut aber sehr leid, daß ich meine einzige seelische Konkurrentin nicht persönlich kennenlernen konnte. Du weißt, wie sehr ich solche Frauen schätze [...].«

In einem Brief vom 29. März 1926 schreibt sie etwas kokett an ihren Mann: »Heute soll ein Ausflug nach [...] mit den ganzen Theaterleuten sein, aber ich habe beschlossen nicht zu gehen, weil der Intendant mich wirklich verehrt und meinetwegen mitkommt. Aber an unserem Hochzeitstag will ich nicht flirten;

er gefällt mir sehr und wenn ich nicht verheiratet wäre, würde ich ihn vielleicht nehmen. Weil ich aber Angst vor ihm heute habe, fahre ich nach Heidelberg voraus«, um dann trotzdem später zu bemerken: »...du gehst mir *furchtbar* ab.«

1927 wurde ihr Drama *Anna Mayer* in der Wiener Schauspielervereinigung »Sprungbrett« mit Erfolg uraufgeführt. Es handelt sich hier um den Kampf der Mutterliebe und um die Zwiespältigkeit der Frauenseele. 1928 bis 1938 gründete und leitete sie die »Literarische Frauenstunde« bei Radio Wien und hielt unter anderem Vorträge über berühmte österreichische Frauen. Schon früh hatte sie sich sehr intensiv mit den Frauenschicksalen und der Frauenliteratur beschäftigt. Käthe Braun-Prager befreundete sich auch mit der Schriftstellerin und Frauenrechtlerin Rosa Mayreder[10], deren Werke sie herausgegeben hat und zu der sie ein inniges und geistiges Verhältnis hatte.

1929 veröffentlichte Käthe Braun-Prager ihren ersten Gedichtband; in den darauf folgenden Jahren erschienen weitere Gedichte sowie Aphorismen und Essays. 1930 leitete sie die »Literarischen Vortragsabende« im Hotel de France in Wien und hielt Vorträge auch an den Sendern Breslau, Berlin etc. Auch im Café Katharinen-Hof in Sievering, Wien, fanden 1934 unter ihrer Leitung literarische Vorträge unter dem Motto »Döblinger Dichter« statt. Bedingt durch die politische Situation schrieb sie in den dreißiger Jahren auch unter dem Pseudonym[11] Anna Maria Brandt und veröffentlichte viele Essays. Einige Gedichte von Käthe Braun-Prager wurden in diesen Jahren auch vertont, die die Sängerin Maria Donath und der Komponist Carl Frühling in der Urania in Wien vortrugen. Ihre beiden Brüder Felix und Robert Braun waren zu dieser Zeit schon angesehene Schriftsteller, auch ihr Mann Hans Prager hielt Vorträge und arbeitete an seinen Werken über Shakespeare und Dostojewski. 1935 starb ihr Vater Eduard Braun an Herzversagen. Die Existenzängste und die Aufregungen durch die schwierige politische Situation waren zu viel für ihn.

Im März 1938 wurden die drei Wohnungen der Familien Braun und Prager gekündigt, so daß die Emigration bevorstand. Käthe Braun-Prager konnte aber wenigstens noch erreichen, daß sie für die Auflösung eine »Gnadenfrist« von einigen Monaten erhielt. Ihre Tochter Ulrike flüchtete nun nach Paris, einige Monate später reiste Hans Prager, wie vom Tode gezeichnet, ebenfalls nach Frankreich. Kurz vorher hatte er sich noch die Schilddrüse operieren lassen, da er die Emigration nicht mit einem Leiden beginnen wollte. Im Rothschild-Krankenhaus der jüdischen Gemeinde in Wien hatte ihm ein bekannter Chirurg, nervös geworden durch die zahllosen Schwerverletzten der Pogrome, zuviel von dem Organ weggeschnitten und die Folgen waren nun schlimmer als das Übel selbst.[12] Robert Braun fuhr nach Schweden, wurde von dort wieder zurückgeschickt mit dem Befehl, sich in Berlin bei der Gestapo zu melden. Doch glücklicherweise wurde er vorgewarnt, und in Wien angekommen, konnte er durch Nils Silfverskjöld, den geschiedenen Mann der Wiener Tänzerin Grete Wiesenthal[13], der in Schweden lebte, bei einem zweiten Versuch mit seiner Familie in Schweden bleiben.

Im Februar 1939 emigrierte Käthe Braun-Prager mit ihrer Mutter und mit wenig Geld[14] nach England, wo sie dann Felix Braun trafen, der direkt von Italien aus über die Schweiz nach England flüchtete, da er nur eine »Durchreisegenehmigung« für die Schweiz erhielt. Ihre Tante Helene wollte nicht mitkommen und ist 1940 nach Theresienstadt deportiert worden und dort umgekommen. Das Hab und Gut der ganzen Familie, das Käthe Braun-Prager vor der Abreise einer

Spedition in Wien übergeben hatte, ist übrigens nie in England angekommen. Es wurde von dieser absichtlich zurückgehalten, so daß die Gestapo[15] 1940 Zugriff erhalten konnte und den Nachlaß versteigern ließ. Die Familie hatte unter dem Verlust sehr gelitten, denn es handelte sich hier auch um ein umfangreiches geistiges Gut.

In England lebte die Familie anfangs in Finsthwaite im Norden Englands. Dort gab es einige wunderbare Menschen, die Käthe Braun-Prager und ihrer Familie halfen, um zu überleben, und sogar die Bauern des Ortes brachten das Geld für die Miete zusammen.[16] Die Familie wurde allerdings von der Polizei überwacht, aber die Leute im Dorf kümmerten sich rührend um sie und auch in dieser Zeit schrieb sie weiterhin ihre Gedichte und Erzählungen. Da Finsthwaite zur Kriegszone erklärt wurde, mußte Käthe Braun-Prager mit ihrer Familie innerhalb von 24 Stunden das Dorf verlassen, und durch die Hilfe einer Freundin kamen sie in die Kleinstadt Kendal in Westmorland, wo sie fünf Jahre lebten, um später in London[17] Fuß zu fassen.

Käthe Braun-Prager versorgte ihre Familie so gut es ging, aber auch ihr Bruder Felix tat sein Bestes. Es ist bewundernswert, wie sie trotz großer Geldsorgen und Ängste vor Verfolgung immer wieder versuchte, jedem Mut zuzusprechen, was auch in vielen ihrer Briefe zum Ausdruck kommt. Auch die Sehnsucht nach ihrer Tochter Ulrike, die in Paris lebte, war sehr groß und die Briefe zwischen Mutter und Tochter sind schon fast ein literarisches Ereignis.[18] Es war auch immer die Rede davon gewesen, sich in Paris oder London zu treffen, aber durch die finanzielle und politische Situation war es irgendwann nicht mehr möglich gewesen.

Ihre Ehe mit Hans Prager war sehr stark geistig-seelisch geprägt, und doch ist aus ihrem Gedicht[19] die große Einsamkeit zu spüren.

Tote Liebe
Wir schlafen in Särgen, er und ich
hat keiner beim Andern mehr Raum
Er liebt nicht mehr mich, er liebt nur mehr sich
und ich meinen Mädchentraum

Die Träne treibt die Zeit voran, –
er schaut viel auf die Uhr.
Was haben wir mit uns getan!
Ein Herbstblatt ist unser Schwur.

Sicherlich ist Hans Prager an Hitler und an seinen Helfershelfern zerbrochen und dadurch sein Lebenswillen erloschen. Der Aufenthalt in einem Internierungslager, die Sorge um die Familie, Angst vor Verfolgung in Paris sowie die mißglückte Operation waren zu viel für ihn. Er starb im Dezember 1940, geschwächt an Hunger und Medikamentenmangel, im Rothschild-Krankenhaus in Paris.

Käthe Braun-Prager hatte vom Tod ihres Mannes erst viele Monate später erfahren, warum auch immer, anscheinend wollte ihre Tochter sie nicht aufregen. Die Trauer um den Verlust ihres Mannes hatte sie auch in vielen Aphorismen und Gedichten zum Ausdruck gebracht, wie »Lebensgefährte: Erst wenn wir ihn betrauern müssen, leben wir mit ihm«[20], oder in ihrem Gedicht:[21]

Die Witwe
Sie ist nur ein Bild im Rahmen,
wenn sie nachts aus dem Fenster lehnt.
Ein Mensch ohne Heimat und Namen,
der sich nach nichts mehr sehnt.

In der Emigration nahm Käthe Braun-Prager eines Abends ein Stück Kohle aus dem Feuer und fing das erste Mal in ihrem Leben zu malen an, sie war zu dieser Zeit bereits über 50 Jahre alt. Viele Bilder[22] sind von ihr in diesen Jahren entstanden, wie *Zwei russische Bäuerinnen* und *Pariser Grisette*, auch arbeitete sie gerne mit Plastilin. Ihre Freundin Ella Iranyi[23], selbst Malerin, war zu dieser Zeit verschollen und die Geschwister Braun dachten, daß die aus dem Leben gerissene edle Künstlerin ihr einziges Eigentum, die Malkunst, Käthe Braun-Prager geheimnisvoll vererbt habe. Sicherlich hat ihr diese künstlerische Form über die schwere Zeit hinweggeholfen.

Käthe Braun-Prager hielt in England viele Vorträge, so auch beim Sender BBC in London, auch über österreichische Komponisten, arbeitete als Kunstgewerblerin, schrieb Gedichte, Erzählungen, Aphorismen und übersetzte unter anderem ein Buch über Charles Dickens.[24] Ihre Liebe zu England und den Dank an das englische Volk drückte sie in *The Light of England* aus[25], das sie im Jahre 1951 zum Abschied an die Gastgeber überreichte.

Als Käthe Braun-Prager mit ihrem Bruder Felix und ihrer Mutter 1951 nach Wien zurückkehrte, dauerte es viele Jahre, bis die Familie in Wien wieder richtig Fuß fassen konnte. Eine große Wohnung[26] wurde der Familie von der Stadt Wien zur Verfügung gestellt, allerdings waren die sanitären Verhältnisse katastrophal, aber sie hatten genug Platz und versuchten dort ein normales Leben zu führen. Die Tochter von Käthe Braun-Prager lebte mit der Enkelin Tatjana schon seit 1947 in Wien und wartete sehnsüchtig auf die Familie. Für meine Großmutter muß es zu dieser Zeit auch deshalb schwer gewesen sein, da sie ohne Mann, ohne finanzielle Mittel, in schwierigen Wohnverhältnissen, die kranke Mutter versorgen mußte, die dann auch noch in den nächsten Monaten starb.

In diesen Jahren stellte Käthe Braun-Prager ihre Bilder in Kollektivausstellungen in Österreich und in anderen Ländern aus. Das Bundesministerium für Unterricht sowie die Österreichische Galerie in Wien haben einige ihrer Bilder erworben. Felix Braun äußerte sich über die Bilder seiner Schwester: »Wer diese Blätter betrachtet, könnte schwerlich angeben, woher sie stammten. Kein Vorbild, kein Meister wird an ihnen ergründbar [...]. Es sind Gedichte, dargestellt durch ein anderes Mittel.«[27] Es entstanden Bilder über Menschen im KZ, in Gefangenschaft, den Folterknecht, den Gauleiter etc. sowie den Erfinder der Atombombe, dessen kahler Schädel selbst die Form der Bombe hat, sowie Themen aus dem Alten und Neuen Testament.

Auch als Herausgeberin von Anthologien hatte Käthe Braun-Prager sich einen Namen gemacht, und Thomas Mann gratulierte ihr am 18. Oktober 1953 zu ihrem Buch *Liebe*:[28] »...schönsten Dank für Ihr weltliterarisch fabelhaft umsichtiges Buch der Liebe!...«

In den Erzählungen von Käthe Braun-Prager spielt die Mutter bzw. die Mütterlichkeit eine große Rolle und das in den verschiedensten Facetten. Sie zeigen auch die einfache Frau um 1900, mit ihrer Sehnsucht nach Geborgenheit einerseits, aber auch dem Wunsch nach Freiheit und Unabhängigkeit, oder wie in *Bauernhochzeit* eine Frau, die lieber sterben will, als sich einem ungeliebten Mann hinzugeben. Käthe Braun-Prager beschreibt die innere Zerrissenheit, die Problematik von Beziehungen; Wirkliches vermischt sich mit Unwirklichem. Auf erstaunliche Weise gelingt es ihr, sich in andere Personen hineinzuversetzen, mit ihnen zu fühlen und zu leiden. Auch mit dem Leid der Tiere hatte sich Käthe Braun-Prager schon früh beschäftigt. *Die weißen Tiere* rächen sich und begleiten den Förster in den Tod, in den er sie einmal geschickt hatte. Die Grundthemen sind Liebe, Haß, aber auch die Sehnsucht nach dem Tod und dem Jenseits, wie in *Sterben* sehr eindrucksvoll geschildert. Eine Spur von Traurigkeit, mystischer Faszination, aber auch Ironie zieht sich wie ein roter Faden durch ihre Novellen.

In einem Brief vom 18. November 1966, an den ich mich nicht mehr erinnern kann, schreibt meine Großmutter an mich: »[...] es ist mir ein gutes Gefühl zu wissen, daß ich nach meinem Ableben eine Seele weiß, die meine Arbeit schätzen und vielleicht in irgendeiner Weise fortsetzen wird [...] was meine Novellen betrifft, so bin ich sehr froh, daß sie Dir gefielen [...].«

Das Verhältnis zum Tod hatte in der Familie immer eine große Rolle gespielt, aber eigentlich in humorvoller Weise. Trotzdem neigte Käthe Braun-Prager manchmal zu schweren Depressionen bis hin zu Selbstmordgedanken, die auch in Gedichten und Aphorismen zu erkennen sind wie: »Ich wollte in einen Laden gehen und eine Bestellung auf meinen Tod machen.«[29]

Käthe Braun-Prager starb am 18. Juni 1967 im Krankenhaus und wurde am Ehrenhain[30] im Wiener Zentralfriedhof begraben. Ich möchte mit dem von ihr verfaßten Grabesspruch[31] mein Nachwort beenden und wünsche mir, daß meiner Großmutter die Ehre zuteil wird, die sie verdient:

Was ich je gedacht und ausgesprochen,
Hat mein dünnes Lebensglas zerbrochen.
Was ich nie gesagt, nie aufgeschrieben,
Ist als Glanz von mir zurückgeblieben.

[1] Dr. Felix Braun (1885-1973) – Dichter, Schriftsteller, Essayist, Dramatiker – Freund von Stefan Zweig u. a. – Hauptwerk: *Agnes Altkirchner,* Zsolnay, Wien 1965 – Romane, Gedichte, Erzählungen, Dramen – *Tantalos,* Burgtheater, Wien, 29. 1. 1932 – *Kaiser Karl V.*, Burgtheater, Wien, 2. 5. 1936 u. a.

[2] Dr. Robert Braun (1896-1972) – Schriftsteller, Dichter, Kritiker, Essayist – Werke: *Abschied vom Wienerwald,* Styria, Graz 1971 – *Josephine von Schweden,* Amandus, Wien 1948 – *Die Mutter der Flüchtlinge,* Stiasny, Graz 1961 u. a. – Mitarbeit an österreichischen/deutschen/schweizerischen Zeitungen und am Rundfunk, 1938 Emigration nach Schweden, Bibliothekar am Kunsthistorischen Institut von Uppsala – Pseudonym Robert Montis – Emil Reich-Preis für Lyrik, 1928 – langjähriger Mitarbeiter der Wiener *Presse* – 1963 Professorentitel.

[3] Moritz Ghon schrieb Theaterstücke wie *Der Herzog befiehlt* und Liedertexte für Wiener Volkssänger, Couplets für Alexander Girardi.

[4] *Abschied vom Wienerwald* von Robert Braun, Styria, Graz 1971, S. 106.

[5] Ebd., S. 102.

[6] Dr. Hans Prager (1887-1940) – Philosoph, Literaturwissenschaftler, Essayist, Dostojewski- und Shakespeare-Forscher, Kritiker, Freimaurer – Werke: *Die Weltanschauung Dostojeweskis* (Einleitung von Stefan Zweig), Verlag Borgmeyer, Hildesheim 1925 (wurde ins Russische übersetzt) – *Das Indische Apostolat* (über Gandhi), Rotapfel-Verlag, Zürich 1925 – *Wladimir Solowjeff's universalistische Lebensphilosophie,* Mohr, Tübingen 1925 – viele Beiträge in den Zeitschriften *Logos, Antaios* und *Imago* – ein umfangreiches, noch unveröffentlichtes Werk liegt in der Österreichischen Nationalbibliothek, Wien.

[7] Ulrike Popović, geb. Prager (1920-1994) – in Wien geboren, 1938 Emigration nach Paris, 1942 Heirat mit Vasilije Popović in Paris, Geburt ihrer Tochter Tatjana Madeleine (Tanja) im September 1944 in Paris, ab 1947 in Wien und München, Sprachenlehrerin, Dolmetscherin.

[8] *Das Licht der Welt* (Autobiographie) von Felix Braun, Herder, Wien 1949, Volksbuchverlag, Wien 1962 – (Kapitel: Die vergessene Mutter).

[9] Sieveringer Straße 188, Wien.

[10] Rosa Mayreder (1858-1938) – Frauenrechtlerin, Dichterin, Essayistin, Philosophin, Malerin – Werke: Essays *Geschlecht und Kultur* und *Zur Kritik der Weiblichkeit* (wurde in mehrere Sprachen übersetzt), Diederichs, Jena 1907/1923, und Mandelbaum, Wien 1998 – *Tagebücher 1873-1937,* Insel, Frankfurt/M. 1988 – Autobiographie *Das Haus in der Landskrongasse,* Mensa, Wien 1948, Mandel-

baum, Wien 1998 – Novellen, Essays, Romane, Gedichte u. a. Drama *Anda Renata* – Libretto zu Hugo Wolfs Oper *Der Corregidor.*

[11] Siehe Lexikon deutsch-jüdischer Autoren, Saur-Verlag, München 1995, Bd. 3, S. 442.

[12] Vgl. Robert Braun, *Abschied vom Wienerwald,* S. 258.

[13] Grete Wiesenthal (1885-1970) – Tänzerin, Freundin der Familie.

[14] 1939 verkaufte Käthe Braun-Prager aus finanziellen Gründen ca. 50 Briefe von Hugo Wolf an das British Museum in London für einen lächerlichen Betrag von 55 Pfund, was unter den damaligen Umständen sicherlich ausgenutzt wurde.

[15] Kopie des Briefes der Gestapo vom 5. 11. 1940 (mit Verfügung vom 19. 8. 1940) an die Spedition ist in meinem Besitz.

[16] Vgl. Die Bilder meiner Schwester, von Felix Braun, in: Österreich und die angelsächsische Welt, Braumüller, Wien 1961.

[17] 14, Greville Place, London.

[18] Ein Teil des Briefwechsels zwischen Käthe Braun-Prager und ihrer Tochter sind in meinem Besitz.

[19] Enthalten in *Verfrühter Herbst* von Käthe Braun-Prager, Gerstel Verlag, Wien 1932.

[20] *Ruhe in der Ferne,* Österreichische Verlagsanstalt, Wien 1972.

[21] In *Verfrühter Herbst,* Gerstel Verlag, Wien 1932.

[22] Ein großer Teil ihrer Bilder, ihre vergoldete Staffelei und ihre alte Schreibmaschine (Baujahr 1910) sind in meinem Besitz.

[23] Ella Iranyi (1888-1942) – Malerin, Dichterin, wurde in Izbica ermordet.

[24] Übersetzung von *Charles Dickens* von Eleanor Graham, Zsolnay, Wien 1953.

[25] Gewidmet an Mrs. Davies, 26 Seiten, Privatdruck.

[26] Geistingergasse 1/9/3 im 19. Bezirk, dort gibt es seit 1977 die Felix-Braun-Gasse.

[27] Die Bilder meiner Schwester, von Felix Braun, in: Österreich und die angelsächsische Welt, Braumüller, Wien 1961, S. 285.

[28] Anthologie *Liebe,* Zsolnay, Wien 1953 – *Das Buch der Mütter,* Zsolnay, Wien 1955.

[29] *Ruhe in der Ferne,* Österreichische Verlagsanstalt, Wien 1972.

[30] Zusammen mit ihrer Tochter Ulrike.

[31] Der ursprüngliche Text lautete anders und ist eine einzige Selbstanklage, schon 1943 verfaßt.

Glossar

à jour: auf dem laufenden sein, ohne Buchungsrückstand
Agraffe: Gewandspange
Allemandenschritt: alte Tanzform in gemäßigtem Tempo
Bückling: scherzhaft-abschätzend für Verbeugung
Druden: Nachtgeister
Gloriole: Heiligenschein
Katafalk: schwarz verhängtes Gerüst, auf dem der Sarg steht
Kolombinenkrause: nach der weiblichen Hauptfigur der Commedia dell'arte benannter Halsschmuck
Kolophonium: ein Harzprodukt, wird als Geigenharz verwendet
Nichtchargierter: Soldat ohne Offiziersrang
Parte (österr.): Todesanzeige
Restante: unter anderem gekündigtes Wertpapier
Sarabandenschritt: alte Tanzform in gemäßigtem Tempo
Shawl: Schal

Editorische Notiz

Die vorliegenden Novellen sind aus nachstehenden Werken entnommen; die unveröffentlichten Novellen sind zu finden in der Wiener Stadt- und Landesbibliothek, Wien (WStLB) sowie in der Österreichischen Nationalbibliothek, Wien (ÖNB).

Bauernhochzeit (1931) – in: Heimkehr, Amandus-Verlag, Wien, 1958, und in: Ruhe in der Ferne, Österreichische Verlagsanstalt, Wien, 1972
Die weißen Tiere (1933) – in: Heimkehr, Amandus-Verlag, Wien, 1958
Büro (1916) – in: Heimkehr, Amandus-Verlag, Wien, 1958, und in: Ruhe in der Ferne, Österreichische Verlagsanstalt, Wien, 1972
Die kinderlose Mutter (1920) – in: Heimkehr, Amandus-Verlag, Wien, 1958
Die Stadt der Ewigen – WStLB
Ein Schaffner im Frühling (1931) – in Zeitschrift *Was Ihr wollt* (Die Manuskript-Revue von Einst und Heute), 1931
Die Legende vom Bösendorfersaal (1913) – in: Heimkehr, Amandus-Verlag, Wien, 1958, und in: Ruhe in der Ferne, Österreichische Verlagsanstalt, Wien, 1972
Kraft (1930) – in: Heimkehr, Amandus-Verlag, Wien, 1958
Ein »Vagabund« erzählte mir... – WStLB
Der tote Sänger (1929) – WStLB; es gibt mehrere Versionen des Titels: *Der tote Sänger, Der tote Schauspieler, Die Legende vom toten Sänger.*
Die Rache einer Schulkameradin (1932) – in: Heimkehr, Amandus-Verlag, Wien, 1958
Die Beseelung der Gegenstände (1914) – in: Heimkehr, Amandus-Verlag, Wien, 1958, und in: Ruhe in der Ferne, Österreichische Verlagsanstalt, Wien, 1972
Sterben – WStLB
Der Schatten (1915) – in: Heimkehr, Amandus-Verlag, Wien, 1958

Der Knabe mit der Rose (1915) – in: Heimkehr, Amandus-Verlag, Wien, 1958, in: Ruhe in der Ferne, Österreichische Verlagsanstalt, Wien, 1972, und in: Das himmlische Kartenhaus, Jugend und Volk, Wien, 1968
Die Heimkehr (1928) – in: Heimkehr, Amandus-Verlag, Wien, 1958

Die Textfassungen beruhen zumeist auf Vergleichen zwischen mehreren Entwürfen bzw. Fassungen.
Schreibeigenheiten Käthe Braun-Pragers wurden weitgehend beibehalten; offensichtliche Fehler wurden stillschweigend korrigiert.

Zeittafel

1888
Am 12. Februar wird Katharina Maria Braun als Tochter österreichisch-jüdischer Eltern geboren. Bei ihrer Geburt stirbt die Mutter Caroline Kohn, der Vater heiratet deren Schwester Laura, der Bruder Felix ist 3 Jahre alt, 1896 wird ihr Halbbruder Robert geboren.
Besuch der Volksschule und Höheren Töchterschule.

1907
Staatsprüfung in Stenographie. Privatlehrerin. Beamtin bei der Creditanstalt in Wien. Schriftstellerin. In den nächsten Jahren konvertiert sie zum evangelischen, später zum katholischen Glauben.

1917
Heirat mit dem Philosophen Dr. Hans Prager. Freiwilliger Austritt aus der Creditanstalt. Freie Schriftstellerin.

1920
Geburt der Tochter Ulrike.

1927
Drama *Anna Mayer* wird uraufgeführt.

1928
Gründung der »Literarischen Frauenstunde« bei Radio Wien (RAVAG), Vorträge bis 12. März 1938. Es erscheinen in diesen Jahren Novellen, Gedichte, Essays.

1930
Gründung der »Literarischen Vortragsabende« im Hotel de France in Wien und eines literarischen Kurses im eigenen Wirkungsbereich. Vorlesungen und Vorträge an den Sendern Breslau, Berlin etc.

1935
Tod des Vaters.

1938
Marianne Hainisch-Preis.

1939
Februar: Emigration nach England, dort Malerin und Vortragende.

1940
4. Dezember: Tod von Dr. Hans Prager in Paris.

1951
Rückkehr nach Wien. Mehrere Kollektivausstellungen ihrer Bilder in Wien, Salzburg und Agram, zahlreiche Vorlesungen. Tod der Mutter.

1956
Vortragsreise durch Schweizer Städte auf Einladung des Lyzeumklubs.

1957
Preis des Dr.-Theodor-Körner-Stiftungsfonds für Literatur.

1958
Preis der Zentralsparkasse der Gemeinde Wien. Vorlesungen aus eigenen Werken in Wien und den österreichischen Bundesländern.

1962
Der Knabe mit der Rose wird als Tanzspiel uraufgeführt.

1967
Tod am 18. Juni in Wien.

Mitgliedschaften:
Ehrenmitglied des Lyzeumklubs
Vorstandsmitglied des Vereins der Schriftstellerinnen und Künstlerinnen Österreichs
Mitglied des Wiener Frauenclubs
Mitglied des österreichischen und englischen P.E.N.-Clubs
Mitglied des Österreichischen Schriftstellerverbandes
Mitglied der Geistig Schaffenden Österreichs
Mitglied der Grillparzer-Gesellschaft
mit dem Ehrentitel Professor ausgezeichnet

Werkverzeichnis
Käthe Braun-Prager (Pseudonym Anna Maria Brandt)

1. Briefwechsel

Der Briefwechsel zwischen Käthe Braun-Prager, Felix Braun und Robert Braun sowie mit weiteren bekannten Persönlichkeiten ist großteils erhalten geblieben. Diese Briefe liegen zum Teil in der Österreichischen Nationalbibliothek, Wien, und in der Wiener Stadtbibliothek, Wien, im Deutschen Literaturarchiv in Marbach/Neckar, in den USA und England. In den Handschriftenabteilungen der ÖNB und der WStLB liegen zahlreiche Manuskripte (auch Unveröffentlichtes), Typoskripte, Fotos, Zeitungsartikel etc. Der unveröffentlichte Briefwechsel zwischen Käthe Braun-Prager und Hans Prager 1917-1940 ist im Besitz von Tatjana Popović, Berlin.

2. Lyrik

Bei der Kerze (Gedichte), Darmstädter Verlag, Darmstadt, 1929

Verfrühter Herbst (Neue Gedichte), Gerstel Verlag, Wien, 1932

Stern im Schnee (Ausgewählte Gedichte), Amandus-Verlag, Wien, 1949

Die Mondwolke (Ausgewählte Gedichte), Österreichische Verlagsanstalt, Wien, 1963

3. Novellen, Aphorismen, Essays etc.

Ahnung und Einblick (Aphorismen), R. Lanyi, Wien, 1937

Reise in die Nähe (Aus einem englischen Tagebuch), Stifterbibliothek, Salzburg, 1954

Verwandelte Welt (Gedichte, Bilder und Gleichnisse) Österreichische Verlagsanstalt, Wien, 1956

Heimkehr (Novellen), Amandus-Verlag, Wien, 1958

Das himmlische Kartenhaus (Gedichte, Prosa und Gedanken), eingeleitet und ausgewählt von Johann Gunert, Jugend

und Volk, Wien, 1968
Heimat in der Fremde (Erlebnisse und Erzählungen aus England), Nachwort von Felix Braun, Österreichische Verlagsanstalt, Wien, 1968
Ruhe in der Ferne (Dichtungen in Prosa), ausgewählt von Felix Braun, Österreichische Verlagsanstalt, Wien, 1972
Große Frauen der Heimat, Steyrermühl Verlag, Wien, 1936 (über Kaiserin Maria Theresia, Ida Pfeiffer, Marie von Ebner-Eschenbach, Tina Blau etc.)

4. Dramen

Anna Mayer (4 Akte), Uraufführung am 8. 12. 1927 (Das Sprungbrett, Wien)
Renate (4 Akte)
Der Krüppel (Ein ländliches Theaterstück)

5. Anthologien

Liebe. »Das Maß der Liebe ist Lieben ohne Maß« (Herausgegeben von Käthe Braun-Prager), Zsolnay Verlag, Wien, 1953
Das Buch der Mütter (Vorbilder tätiger Liebe) (Herausgegeben von Felix Braun und Käthe Braun-Prager), Zsolnay Verlag, Wien, 1955

6. Verschiedenes

Das Haus in der Landskrongasse. Jugenderinnerungen von Rosa Mayreder, herausgegeben und mit einem Nachwort versehen von Käthe Braun-Prager, E. Mensa-Verlag, Wien, 1948
Krise der Väterlichkeit (Essays von Rosa Mayreder), ausgewählt und eingeleitet von Käthe Braun-Prager, Stiasny Verlag, Graz, 1963
E. G. Molnar: »Vision im Westen«. Gedichte, Nachdichtung von Käthe Braun-Prager, Ars Hungarica, Wien
Der Aufstieg der Frau, Festschrift zu Rosa Mayreders 70. Geburtstag, herausgegeben von Käthe Braun-Prager, Verlag

Eugen Diederichs
Und senden ihr Lied aus, Lyrik österreichischer Dichterinnen vom 12. Jahrhundert bis zur Gegenwart, Mitarbeit Käthe Braun-Prager, Verlag Jugend und Volk, Wien-München, 1963
Eleanor Graham, *Charles Dickens. Eine Lebensgeschichte für junge Menschen,* übersetzt aus dem Englischen von Käthe Braun-Prager, Zsolnay Verlag, Wien, 1953
Die Büronovelle. Hörspiel, bearbeitet von Ernst Scheiblreiter
Der Knabe mit der Rose. Novelle, 1962 als Tanzspiel aufgeführt

Zahlreiche Beiträge in in- und ausländischen Anthologien, Zeitschriften und Zeitungen seit 1907

Die Herausgeberin

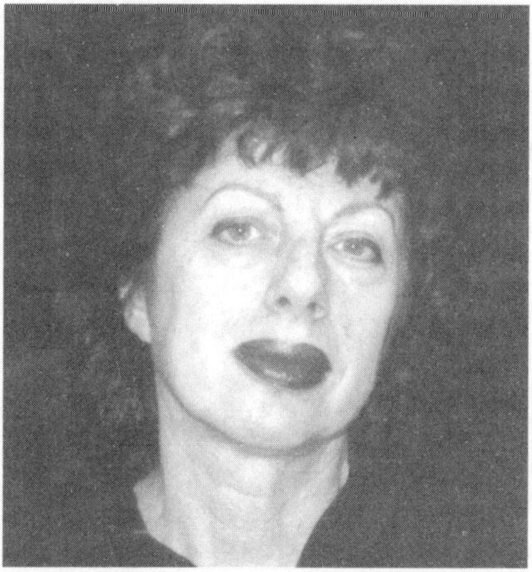

Tatjana Madeleine Popović, Enkelin von Käthe Braun-Prager, geboren im September 1944 in Paris, die Mutter Wienerin, der Vater aus Montenegro, aufgewachsen in Wien und München, arbeitete als Sekretärin, 1973-1975 Aufenthalt in London, eigenes Schreibbüro in München, lebt seit 1990 in Berlin, Nachlaßverwalterin und Rechteinhaberin der Autoren Käthe Braun-Prager, Felix Braun, Hans Prager und Rosa Mayreder.

Käthe Braun-Prager (1888-1967) – Dichterin, Schriftstellerin, Malerin – stammte aus einem österreichisch-jüdischen Elternhaus, das ihr eine Ausbildung in einer höheren Töchterschule ermöglichte. Sie arbeitete seit 1907 als Privatlehrerin und als Beamtin in der Creditanstalt in Wien. 1917 heiratete sie den Philosophen Hans Prager, lebte dann als freie Schriftstellerin und veröffentlichte 1929 ihren ersten Gedichtband. In den darauffolgenden Jahren verfaßte sie weitere Gedichte, Aphorismen, Essays, Novellen und Theaterstücke. 1928-1938 leitete sie die »Literarische Frauenstunde« bei Radio Wien; ihre beiden Brüder Felix Braun und Robert Braun waren zu dieser Zeit schon angesehene Schriftsteller. Mit der Frauenrechtlerin und Schriftstellerin Rosa Mayreder, deren Werke sie in den späteren Jahren herausgab, verband sie eine starke geistige Freundschaft.
1939 emigrierte Käthe Braun-Prager nach England, hielt unter anderem Vorträge beim Sender BBC in London und begann zu malen. 1951 kehrte sie nach Wien zurück, veröffentlichte weitere Bücher und erhielt viele Preise. Ihre Bilder wurden in Kollektivausstellungen in verschiedenen Städten ausgestellt.
Käthe Braun-Prager beschreibt in ihren Novellen die einfache Frau um 1900, mit ihrer Sehnsucht nach Geborgenheit einerseits, aber auch dem Wunsch nach Freiheit und Unabhängigkeit; die Problematik von Beziehungen, die Sehnsucht nach dem Tod, aber auch die Mutter bzw. Mütterlichkeit spielen eine große Rolle. Eine Spur von Traurigkeit, mystischer Faszination, aber auch Ironie zieht sich wie ein roter Faden durch ihre Novellen.